過保護なイケオジ棋士は幼妻と娘に最愛を教え込む

～偽装結婚が身ごもり溺愛婚に変わるまで～

m a r m a l a d e b u n k o

緒

マーマレード文庫

目次

過保護なイケオジ棋士は幼妻と娘に最愛を教え込む
～偽装結婚が身ごもり溺愛婚に変わるまで～

過保護なイケオジ棋士は
幼妻と娘に最愛を教え込む

～偽装結婚が身ごもり溺愛婚に変わるまで～

序章　成恋

その人の将棋は「凪《なぎ》」だった。

細くしなやかな指に挟まれた駒が、音もなく将棋盤の水面を滑り敵陣を割く。

ただ、ただ、静かに。涼やかに。

相手の気迫に呑み込まれることなく、最後の一手まで指し続ける。

そのとき十三歳だった私は、彼の穏やかな闘志に魅入《みい》られて、胸の高鳴りがいつまでも治まらなかったことをよく覚えている。


思えば、それが恋の始まりだった。

救いの結婚

「真依《まい》さん。僕と嘘《うそ》の結婚するのは嫌かな？」

しばらく考え込んでいた龍己《たつみ》先生は、ようやく口を開いたかと思うと驚くようなことを言い出した。

私は泣き腫《は》らした目を二、三度しばたたかせてから「どういう意味……ですか？」と尋ね返す。

外は雨が降っていたけれど、霧のように細かかったので耳に障《さわ》ることはなかった。

そのとき私と龍己先生は甘味処《かんみどころ》にいて、ふたりの間のテーブルの上では手つかずのままの栗ぜんざいの湯気が、ゆっくりと消えかかっていた。

龍己先生は長い睫毛《まつげ》に縁どられた綺麗《きれい》な一重《ひとえ》の目を一度閉じ、パッと開いて色素の薄い瞳で私を見据《みす》えた。

「真依さんは未成年だから、結婚することで僕の保護下に入ることができる。もちろん、僕の家で暮らすんだ。そしていつかきみの身の安全が保障できる日が来たら、いつでも離婚していい。きみの戸籍が傷ついてしまうのはいたたまれないが、命には変えられない」

真剣な声色で紡《つむ》がれたそれを、私は口の中で小さく繰り返す。

「結婚……保護……」

今の私は高校三年生、十八歳だ。近い将来、成人年齢は十八歳に引き下げられるらしいけれど、今はまだ未成年に分類される。そして未成年は結婚すると成年擬制という法律により、親の親権が消失し、配偶者に保護義務が生じるのだと龍己先生は説明した。つまり……法的に私は親の支配から抜け出し、龍己先生に保護してもらうことができる。

意味が段々と胸に沁《し》みてくると、真っ暗だった視界が明るく晴れていくような気がした。制服の紺のブレザーの袖《そで》を、ギュッと握りしめる。鈍くなっていた五感がじんわりと蘇っていき、途端にぜんざいの湯気に甘い香りを感じた。

「龍己先生、私を助けてくれるの？」

目を丸くして聞いた私に、龍己先生は口もとを僅《わず》かに綻《ほころ》ばせて深く頷《うなず》いた。

「こんなおじさんとしばらく暮らすことになって申し訳ないけれど、衣食住に不自由はさせないから」

意味のある年を重ねた人だけが浮かべられる、慈しみの笑み。その笑顔がくれる安心感に私の胸は震えて、目からは勝手に涙が溢《あふ》れた。

「私、先生と結婚したらなんでもします。ご飯もお掃除もお洗濯も、全部頑張ります。だから、よろしくお願いします」

泣きながら下げた頭を、先生は手を伸ばして軽く撫《な》でてくれて、それから「まずはぜんざいを食べよう。温かくて甘いものは元気が出るよ」と手を離した。

泣きながら食べたせいで鼻が詰まって栗の繊細な風味はわからなかったけれど、私はこの日のぜんざいの味は一生忘れないと思う。

目と鼻を真っ赤にして食べる私を、龍己先生は向かいの席から穏やかに微笑《ほほえ》んで見ていた。

◆

私、志村《しむら》真依は、親から精神的な虐待を受けて育ってきた。

都内のマンションに住む両親と兄妹の四人家族。どこにでもいる平凡なはずの家族なのに、その実体は酷《ひど》く歪《ゆが》んでいたと思う。

両親は私の四つ上の兄・心太《しんた》を溺愛《できあい》していた。あらゆるものを買い与え、過度な期待を寄せ、それでも気の済まない両親は私の人生も兄に捧げるよう命じた。

『あんたはね、心太の役に立つために産んだのよ。だから絶対、心太に逆らっちゃ駄目。我儘《わがまま》も言っちゃ駄目。わかった?』

その言葉通り、両親は私の人生に何も与えてくれなかった。私は母に笑顔で話を聞いてもらったことがないし、父に抱っこしてもらった記憶もない。誕生日も、節句も祝ってもらったこともない。それらの喜びはすべて兄がひとり占めしていた。

両親に放っておかれただけでなく、小学生になると家のことを押しつけられるようになった。買い物に始まり、掃除、洗濯……うまくできなければ怒鳴られるから、いつだって私は怯《おび》えて泣いていた。

家庭に喜びなんてひとつもなかった。私に命令か罵声《ばせい》しか浴びせない母、私をいないもののように扱う父、私を召使いか何かだと思ってせせら笑う兄。

それは明らかな虐待だった。なのに一向に救いの手が差し伸べられなかったのは、目に見えてわかる身体的な証拠がなかったからだ。

両親は暴力だけは振るわなかった。叩く素振りを見せて脅すことはあっても、決して私の体に傷はつけなかった。彼らは巧妙なのだ、自分たちがしていることが通報されるものだという自覚があるから、決して証拠を残さない。

家族の残りものでも食べれば痩《や》せないし、水風呂《みずぶろ》だって清潔《せいけつ》は保てる。服を買ってもらえなくても、兄のおさがりを着せられ『この子はお兄ちゃん子だから』と母が言えば周囲はそれを信じた。両親も兄も外面《そとづら》が良く、私たち一家はどこにでもいる仲の良い家族にしか見えなかっただろう。

まだ子供だった私は自分の家庭が異常だということに気づかないまま心を摩耗させ、やがて望みも喜びも、自己すらもない子に育っていった。

青白い顔にいつだって虚《うつ》ろな表情を浮かべ、大きな目に怯えの色を隠し、長い髪に顔を隠すように俯きがちな子供。それが私の幼少期だった。

そうして十歳になった春のことだった。

ある晩、母がはしゃいだ様子で父と兄に一枚のチラシを見せに来た。

『ほら、あの久我《くが》龍己が先生してくれるんだって！　心太ちゃんなら頭がいいから、ちょっと教わったらきっとプロ棋士になれるわよ！』

それは隣町のカルチャーセンターで開かれる小中学生向けの将棋教室だった。講師として月に一回プロの棋士《きし》が来るらしい。

久我龍己棋士のことは私も知っていた。二十歳でプロ入りした彼は確かな実力の持ち主であると共に、人目を惹《ひ》く恵まれたルックスの持ち主だった。

もともと界隈では人気の棋士だったけれど、二十八歳のときに公式戦で優勝したことで一般層からも注目が集まり、たちまちイケメン棋士としてメディアに担ぎ上げられた。

細面《ほそおもて》に涼やかな目もと、綺麗なラインの高い鼻梁《びりょう》に薄い唇。細身の体は背が高く、姿勢が良く、見ているだけで清涼さを感じさせる。性格はおっとりとしていて紳士的。外見も内面も非常に女性受けが良く、全国にライトな将棋ファンを増やしたほどだった。

公式戦で優勝してからの彼は破竹《はちく》の勢いで勝利を重ね、その後王将《おうしょう》のタイトルを獲得、さらに三十歳でA級入りすると翌年の順位戦で名人を勝ちとるという快挙を成《な》し遂《と》げたのだ。

メディアは連日彼を取り上げ、将棋会館にはグッズを購入したい女性が押し寄せ、CM出演、ついには写真集まで出るフィーバーぶりだった。

子供の頃の私は勝手にテレビを見ることは許されなかったけれど、ミーハーな母がテレビに映る久我棋士にきゃあきゃあ黄色い声をあげているのをこっそりと眺めていたので、彼の活躍は知っていた。

そんな将棋界の王子様が、どうやら近所のカルチャーセンターに来るらしい。母がこれに食いつかないはずがなかった。

この頃の兄は両親の熱心な教育に応えられず、成績に少し陰りが出ていた。両親としては将来的には一流大学からの有名企業というエリートコースを歩んでほしかったけれど、それ以外の可能性も考えなければいけないとも思い始めていたのだろう。今さら音楽やスポーツまで習わせようとして、兄に拒否されていた。

そんなときに久我龍己が講師の将棋教室を見つけたのだから、母にとっては一石二鳥だった。息子の新たな才能を発見できるかもしれないし、イケメン棋士にも会えるのだから。

兄も勉強やスポーツよりはまだマシと思ったのか、将棋教室に参加することを承諾した。

このとき母が私に『あんたも来なさい』と言ったのは親切心からではなく、〝仲の良い兄妹、兄妹を平等に扱う母〟という印象を周囲に与えたかったからだということはわかっている。

けれど、このときの母の見栄っ張りが私の運命を変えた。

将棋教室の会場となっていたのは雑居ビルに入ったカルチャーセンターの一室で、

私はテレビで大スターのように扱われている久我棋士がこんな質素な場所に来るのかと密かに驚いた。

　母に付き添われ一階で受付を済ませた私と兄は、二階に案内され将棋教室の扉を開けた。そこには三十人前後の小中学生がいたけれど、大声を出したりふざけている子はひとりもいなくて、みんな何かの紙を真剣に見つめていた。

「詰将棋だよ。先生が来るまでこれをやっててね」

　主催者の人だろうか、スーツ姿の中年男性がそう声をかけて私と兄に一枚ずつプリントを渡してきた。それは九×九の将棋盤に「玉」や「歩」といった駒の文字が幾《いく》つか書かれた紙……譜面だった。

　詰将棋とはひとりで行う将棋のパズルみたいなもので、これを夢中になって解くということは将棋が好きということだ。私は小学校の文化体験で将棋を習っただけで最低限の知識しかなく、そのプリントを見ても意味を理解するのが精いっぱいだった。兄に至っては多少知識はあっても興味がないのか、プリントを一瞥《いちべつ》しただけで折り畳み、携帯ゲームを弄《いじ》りだす始末である。

　もしかしたら私たち、かなり場違いなんじゃ……。子供心にもそう思い、教室の後ろで見学している母を恐る恐る窺《うかが》うも、母は窓に映った自分の外見を気にして髪ばかり弄っている。そもそも他に見学している保護者などいない。久我棋士をひと目見たいがために教室内まで付いてきた母が一番の場違いなのだ。

なんだかいたたまれなくなって俯きながら譜面に集中していると、さっきのスーツの男性がマイクを使って「久我名人が来られました。皆さん、いったん顔を上げてください」と教室内の子供たちに呼びかけた。

教室の前方の扉から入ってきたのは、青みがかったグレーのスーツに身を包んだスラリと背の高い男の人。ゆったりとした足取りで檀上までやって来た彼は目尻に皺《しわ》を寄せて柔和《にゅうわ》な笑みを浮かべ、「皆さん、こんにちは」と子供たちに向かって頭を下げた。

それが、私と久我龍己棋士との初対面だった。

このときの彼は三十二歳。昨年の順位戦で獲得した名人位と連続三期となる王将位を保持していて、まさに飛ぶ鳥を落とす勢いだったと言えよう。けれど物腰の柔らかい彼からは驕《おご》りなどは一切見えず、穏やかな中にも凛《りん》とした品格が漂っていたのをよく覚えている。

久我棋士の簡単な挨拶《あいさつ》が済むと、さっそく子供同士で対局が始まった。

教室には十五台の机の上にそれぞれ将棋盤が用意されており、事前に提出した将棋の経歴をもとに対局が組まれる。素人《しろうと》同然の私はみっつ下の男の子と対局したけど、勝負どころかその子に打ち方を教わる始末だった。

どうやら教室に来ているのは他で将棋の腕を磨き、将来的にプロを目指しているような子ばかりみたいだ。

改めて場違いを痛感して恥ずかしくなるものの、将棋自体はとても楽しかった。

相手の子に教わりながらも次にどんな手を指せばいいのか一生懸命《いっしょうけんめい》考えていると、

「おや。楽しそうだねえ」と柔らかな声が盤の横から聞こえた。

顔を上げると、机の横に立った久我棋士がニコニコと目を細めて私たちを見ている。

この教室では子供たちが対局しているのを、久我棋士と他の大人（奨励会《しょうれいかい》の方だとあとで知った）が見て回りアドバイスするという形式をとっていた。

久我棋士が盤を覗《のぞ》き込んできたのを見て、私は顔を赤くして俯いた。みんなプロを目指すような本格的な場所に、素人の自分がいることが恥ずかしい。連日母に怒鳴られている私は、もしかしたら出ていけと怒られるんじゃないかという恐怖にさえ囚《とら》われた。

けれど久我棋士は簡単なアドバイスを少ししただけで、私がそれに従って飛車の駒を動かすと、うんうんと納得したように楽し気に頷いて行ってしまった。

「……行っちゃった」

拍子抜けしたような、ホッとしたような。

威圧的な両親か、おとなしい私に無関心な教師くらいしか大人を知らなかった私は、なんとも奇妙な距離感の久我棋士に新鮮な驚きを覚えていた。けど、それはちっとも嫌なものではなく。

将棋教室は最後の三十分に、希望者十人と久我棋士が多面指しを行った。多面指しとはひとりが複数を相手に指すことだ。久我棋士はぐるりと子供たちの席に囲まれ、それを順々に指していく。子供相手とはいえ十人をいっぺんに相手にするなど私にとっては嘘みたいな光景で、目を丸くした。

「久我棋士って頭がいいんだね」と思わず感嘆の独り言《ひとごと》を漏らせば、隣にいた子が「当たり前じゃん、名人だぞ！　龍己先生は日本で一番将棋が強いんだよ！」と熱心な様子で言った。

どうやら彼は他の教室でも久我棋士に教わったことがあるようで、彼の他にも久我棋士の教授を受けたことのある子はみんな久我棋士のことを「龍己先生」と呼んでいた。

そしてその日から私も、久我棋士を龍己先生と呼ぶようになった。

年会費を支払ったにもかかわらず、案の定兄は二回通っただけで将棋教室に行かなくなってしまった。私は年会費がもったいないという理由と、母が龍己先生を見たいという理由で通い続けることを許されたが、やがて母も毎月娘に付き添うのが面倒くさくなったらしく、三ヶ月もする頃には私はひとりで将棋教室に通うようになった。月に一度、電車に乗って隣町まで行き将棋を指す時間。それはいつしか私にとってかけがえのない時間になっていった。

家族に徹底的に抑圧されて育った私は自信がなくておとなしく、学校であまり友達ができずにいた。そのうえ家事の一切を命じられていたので放課後に遊ぶこともできず、私はこの年まで自分のための楽しい時間というものを持てなかった。

それが、この将棋教室に通うようになってからは手に入ったのだ。

生徒はほとんどが男子ばかりだったけど、盤を挟んで向かい合えば男女も年齢も学校も関係なかった。共通の話題がなくても、将棋のことならば尋ねれば誰でも親切に解説してくれた。

友達とは言い難い関係かもしれないけれど、ここでは誰も私を罵《ののし》らないし、いないものとして扱わない。それは子供だけでなく大人も同じで、そんな空間にいられることは疲弊《ひへい》しきっていた私の心をとても安らがせてくれた。

秋になる頃にはすっかりこの教室に馴染み、好きと思えるくらいには将棋を指すのが楽しくなってきていた。

龍己先生は相変わらずニコニコおっとりとしていて、盤を見て回ってはアドバイスをして満足そうに頷いていった。一度だけ多面指しに参加させてもらったが、六枚落ちにもかかわらずあっという間に詰んでしまい、不甲斐なさからそれ以来参加したことがない。

龍己先生は私のことを「真依さん」と呼んだ。他に同じ苗字の子がいたから呼び分けていただけなのだけど、学校の先生でもないのに子供に丁寧に「さん」をつけるのがなんだか彼らしいなと思った。

ささやかな安らぎの時間は、あっという間に過ぎた。

入会から一年が経ち、先払いした年会費分の期間が終わった。私は他では得られないこの空間を手放したくはなかったけれど、両親が私のためにお金を出し続けてくれるはずもないとわかっていた。

最後の日、私は惨敗《ざんぱい》以来参加しなかった多面指しの相手に立候補した。

「もう来月からは来られないと思うから、最後にもう一度だけ龍己先生と対局したいです」

おずおずとそう言った私に、龍己先生は少しだけ不思議そうに小首を傾げて「将棋はもう飽《あ》きた？」と尋ねた。その質問に、私は思いきり首を横に振る。

「全然飽きてません。でも……お父さんもお母さんも、きっと駄目って言うから」

言いながら俯いてしまった私に、龍己先生は顎《あご》に手をあてて少し考えてから言った。

「真依さんは、将棋が好きかい？」

「……好き。一番面白いと思ってる……」

「この教室に通うのは楽しい？」

「……すごく楽しい」

ぼそぼそとした私の答えに龍己先生はいつものように満足そうに頷くと、帰りに少しだけ残るように私に告げてから、何事もなかったかのように対局を始めた。

教室終了後、龍己先生は「ご両親に渡して」と封筒に入った一通の手紙をくれた。それから「真依さんが将棋を好きなら、きっとまた会えるよ」と私の頭を軽く撫でてくれた。

大人に頭を撫でられたことがない私は、頬が赤くなるくらい嬉《うれ》しかった。たったそれだけ、本当に些細《ささい》なことだと思う。けれど大人の大きな手が与えてくれる安心感を初めて知って、龍己先生はこの日から私にとって特別な大人になった。

龍己先生が両親に宛《あ》てた手紙は【真依さんに将棋を続けさせてほしい】という内容だったらしい。

母が意味を読み違えたのか、はたまたリップサービス的なことが書いてあったのかわからないが、「真依は女流棋士になれるかもしれない。久我名人のお墨付《すみつ》きよ」など母が鼻息荒く言い出して、私は将棋教室にもう一年通い続けることを許された。

ちなみに私の将棋の腕前は教室でドベという残念なものだったので、やっぱり読み違いか過剰なリップサービスがあったのだと思われる。

何はともあれ、私はかけがえのない大切な場所を失わずに済んだのだった。

家では相変わらず抑圧され続けていたけれど、月に一度将棋教室に通うことが……龍己先生に会えることが、私の心を強く支えてくれた。

「龍己先生。手紙を書いてくれてありがとうございました」

教室に通い続けられるようになったお礼を告げた日、龍己先生は目尻に皴を寄せてまた私の頭を撫でてくれた。それが嬉しくて、嬉しくて。

その日から私は教室が終わると少しだけ残って、龍己先生と短いお喋《しゃべ》りをするようになった。

龍己先生は大人子供の区別なく誰に対してもとても丁寧で、小学生だった私の言葉も適当にあしらうことなくきちんと答えてくれた。

「龍己先生はおうちでも将棋の練習をしているんですか？」

「うん、してるよ。僕の家は棋譜だらけなんだ」

「きふ？」

「対局の記録用紙だよ。誰がどんな手を指したか『▲2四歩』とか『▲3三歩成』っていうふうに最初から最後まで全部書いてあるんだ。それを読んで『こんな手があるのか』って驚いたり『僕ならこう指す』なんて考えたりしてると面白くて、あっという間に時間が経っちゃうんだよ」

将棋の話をするときの龍己先生は特に楽しそうで、いつもニコニコと語ってくれた。

もちろん、それだけじゃない。

「テレビで、龍己先生は対局のときいつもおやつに餡子《あんこ》のお菓子を食べてるって言ってました。餡子が好きなんですか？」

「好きだねえ。対局のときはきんつばとか羊羹《ようかん》を食べることが多いけど、ぜんざいやあんみつも好きだよ」

「チョコは？」

「チョコは少し苦いからなあ」

「えぇ？　チョコって苦いかなあ」

「僕はコーヒーも好きじゃないし、ほろ苦い風味が苦手なんだろうね。チョコが苦くないなんて、真依さんは大人だなあ」

甘味について見解を述べるような、可愛らしい一面を見せてくれたこともあった。

限られたささやかな時間の中で、私は龍己先生からたくさんの〝はじめて〟を教わった。頭を撫でられると嬉しくなることも、会話がこんなに楽しいことも、目を見て微笑まれると自分がここにいていいような気持ちになることも。それから、自分の話を聞いてもらえる安心感も。

「ミートソース作れるようになったんです。家庭科で習ったから。おうちでも作ってみたんだけど、ゴミ箱に捨てられなかったから美味《おい》しくできたんだと思う……」

その頃、まだ自分の置かれている環境のおかしさに漠然としか気づいていなかった私は、龍己先生の顔から時々笑みが消える理由がわからなかった。

「真依さんは家でよくご飯を作ってるのかい」

「はい。みんな忙しくて私だけ暇《ひま》だから、お手伝いしてるんです」

それは両親が私に教え込んだ嘘で、誰かに家事のことを尋ねられるたび私は機械的にそれを口にした。

「お休みの日も？」

「お休みの日は外食の日だから作りません」

「そう。先週のお休みは何を食べに行ったの？」

「食べに行ったのはお父さんとお母さんとお兄ちゃんだけ。私はお腹が痛かったからお留守番で……」

親に諸々《もろもろ》の嘘を教え込まれたとはいえ、私が語る家庭環境は異常だったと思う。ただ、それに気づくほど私の話を深く聞いてくれた大人は、龍己先生以外いなかったけれど。

「それは残念だったね。次のお休みはみんなで行けるといいね」

龍己先生はそう言って私を安心させるように柔らかに微笑んだ。そしてそれ以来時々、私の生活をさりげなく尋ねるようになった。

この頃、一度だけ家に児童相談所の人が訪ねてきたのを覚えている。匿名《とくめい》で通報があったのだそうだ。けれど両親が決して証拠を残さないよう努めていたせいで、児童相談所の人はすぐに帰っていき、それ以来訪れることはなかった。

瞬く間に一年が過ぎ、私は再び将棋教室をやめさせられるかもしれない不安に陥《おちい》った。

ところが、意外なことにそれは杞憂《きゆう》となる。

何も解決せず帰ってしまったとはいえ、家に児童相談所の人が来たことは近所で少し噂《うわさ》になった。

『そういえば妹さんはお兄さんに比べてあまり外出させてもらえないみたい』

そんな声が耳に入ったのかもしれない。見栄っ張りで周囲の目を気にしがちな母は私から将棋教室を取り上げて『意地悪な親』という目で見られるのを避《さ》けたかったのだろう。こちらから歎願しなくとも、渋々と翌年の年会費を振り込んでくれた。

おかげで私はこの後数年間、将棋教室に通い続けられることとなった。

中学生になると、学校での生活が今までとは変わった。初めて友達らしい友達ができたのだ。

小学生のときに比べて、私は随分《ずいぶん》と自己というものを持てるようになっていた。好きなもの、嬉しいこと、望むものが自覚できている。間違いなく将棋教室が、龍己先生との時間が育んでくれていた心だった。

帰宅後や休日は相変わらず家に縛られていたけれど、休み時間に友達とお喋りをするだけでも、私の笑顔は増えていった。

ある日の昼休み、友人グループでお喋りをしていると恋バナに話題が及んだ。友人たちが頬を染め男子への恋心を語るのを、私は不思議な気持ちで聞いていた。胸が苦しいとか切なくなるとか、他人への好意でそんな感情を抱くのがよくわからない。

場を白けさせないよう適当に相槌《あいづち》を打ったものの共感ができず、なんだか別の世界の話みたいだと思いながら聞いていた。

愛してくれるはずの家族から冷たい言葉をかけられて育ってきた心は殻《から》が厚く、このときの私はまだ誰かを好きになるという感覚が想像できないでいた。

厚くて鈍い殻が割れたのは、私が十三歳のときだった。

五月某日。その日は例年の平均気温に比べ遥かに暑く、初夏というよりは夏日に近かった。

この日は偶然将棋教室の日で、私は他の子たちと一緒に食い入るようにテレビの将棋中継を観ていた。

名人戦七番勝負、第四局二日目。画面に映るのは現名人と、通算三期の名人位を懸け挑《いど》む龍己先生だ。

三十一歳のときに初の名人位を獲得した龍己先生は翌年防衛に成功、その後挑戦者に敗《やぶ》れてしまったけれど、三十五歳の今年、再び挑戦者として名人位に王手をかけた。

名人戦は七番勝負。どちらかが四勝した時点で勝敗が決まる。

そして第三局まで勝利を収めた龍己先生にとって、この第四局目はまさに運命の一戦だった。

当時の私は恥ずかしながら、龍己先生の対局をほとんど見たことがなかった。家ではテレビもネットも自由に見ることはできないし、外で見ようにも勝手な外出は許されない。将棋教室の子がアーカイブ配信を見せてくれたことがあったけど、限られた時間の中で少しだけだった。

だから名人位のかかった対局をリアルタイムで見られるなんて、私にとってはラッキーどころか奇跡に近い出来事だった。

この日の将棋教室はさすがに通常とは異なり、名人戦の観戦会となった。生徒だけでなく教室主催のおじさんや奨励会のお兄さんたちも、皆固唾《かたず》を呑《の》みながら画面に釘づけになっている。

対局時間は長いので教室の時間だけでは一部しか観られないけれど、それでも私は龍已先生の対局を、しかもタイトル戦をリアルタイムで観戦できることに興奮していた。

タイトル戦では大体の棋士は和服を着るらしく、テレビの向こうの龍已先生も和服を着ていた。

枡花色《ますはないろ》の着物に白色の羽織《はおり》は涼やかで、龍已先生の凛とした雰囲気《ふんいき》にとてもよく似合っていて……まるで彼の周りだけ清涼な空気に包まれてるみたいだった。

長い睫毛の影を落とし伏し目がちに将棋盤を見つめる目。茶色がかった瞳からは冷たい炎のような集中力を感じるのに、引き結ばれた唇が僅かに綻んでいるように見える。

白くしなやかな指が駒を挟み、そっと着手する。龍已先生は大事な対局のときは駒音を立てないと、以前に将棋教室の子が言っていた。対局中も長考中もほとんど体勢を変えず、表情も変えず、龍已先生の将棋はとても静かなのだと。

『〝凪の棋士〟って呼ばれてるんだって』

いつか教わったそのふたつ名を、私は画面の向こうの龍已先生を見つめながら思い出していた。

午後六時五十分。百四十二手。

そのとき微かに龍己先生の瞳の奥に闘志の炎が揺らめいたのを感じ、私の心臓が大きく音を立てた。

「……負けました」

現名人が詰めていた息を吐くように言い、その瞬間、龍己先生の名人位奪還が決まった。

将棋教室がわっと沸いた。子供も大人も興奮していて、中には夢中になりすぎたのか放心している子もいれば、「龍己先生すげえ」と涙を滲ませている子までいた。

私は煩《うるさ》く高鳴る胸を手で押さえながら、未《いま》だに画面から目を離せずにいた。顔も頭も熱い、きっと頬が真っ赤だったと思う。

胸から湧き上がるこの感情を、なんて呼べばいいのかわからなかった。感動、敬服、それもあるけれど決定的な何かが違う。

緊張から解放されたのか、テレビの向こうで穏やかな笑みを浮かべている龍己先生を見て、以前友人が言っていた言葉を思い出した。

『彼のことを見ると嬉しいのに、胸が苦しくて泣きたくなっちゃうの。これって普通かな』

ああ、そうだ。と、私は心の中で納得する。きっとこれが恋だ、と。

幼い恋だったと思う。

二十二歳も年上の男性を相手に想いを遂げるなんて、あり得ないとわかっていたから、告白なんて考えたこともなかった。ただ将棋教室へ行ったときに顔が見られて、言葉を少し交わせればいい。彼の瞳が私を映し、頬を緩ませ、話に耳を傾けてくれるだけで幸せだった。

「名人戦のときに着てた着物、とってもカッコよかったです」

ある日そう告げた私に、龍己先生は「ありがとう」と目を細めて言った。

「あの着物って先生が選んで買ったんですか？」

「そうだよ。正確には呉服屋さんで自分で反物《たんもの》を選んで、仕立ててもらったんだ」

「反物……？　生地から選んでオーダーメイドするんですか？」

「うん。既製品も売っているけど、僕のために作られた一着だと思うと気合が入るからね。勝負服っていうのかな、特別な一着なんだ」

今まで和装に縁のなかった私は、着物が生地からオーダーメイドできることをそのとき初めて知った。しかも聞けば、和服はミシンなどを使わず手縫《てぬ》いで作るものだと言うではないか。

私は新鮮な感動を覚えた。棋士・久我龍己の勝負を彩《いろど》った着物は、誰かが彼のためにひと針ひと針縫ったものだったなんて。

――私も……龍己先生に着物を作りたい。

そんな願望が胸をよぎった。

この頃の私は裁縫《さいほう》が好きなわけでも、得意なわけでもなかった。けれど不思議なことに、とても自然にそう思ったのだ。

名人戦のときの龍己先生の和装姿が目に焼きついている。もし彼が纏《まと》う美しい勝負服をこの手で作ることができたなら、どんなに素敵だろう。

初めて抱く鮮烈な憧《あこが》れ。それは夢と呼ぶのに相応《ふさわ》しかった。

私はこの日、生まれて初めて将来の夢というものを持った。龍己先生は私に恋だけでなく、夢まで抱かせてくれたのだ。

恋を覚え、夢を持ち、私の日々は過ぎていく。虐げられる日常に変わりはないけれど、それでも私の心は少しずつ大人に育っていった。

けれどささやかな幸福の時間は、私の中学卒業で幕を閉じる。

小中学生対象の将棋教室を私は卒業し、それっきり龍己先生と会うことはなくなった。

お別れの日、龍己先生は「将棋を続けてればいつかまたどこかで会えるよ」と言ってくれたけれど、部活に入ることも許されず外出も制限された私の生活は、段々と将棋の世界と離れていった。

それでも龍己先生との日々が育んでくれた心が失われたわけじゃない。

高校を卒業したら家を出て、奨学金で和裁《わさい》の専門学校に通おう。そう将来の目標を立てられたのは、あの日の感動を今でも忘れていないからだ。

和裁の道を選んだからといって、龍己先生の着物を仕立てられるとは限らない。けれど、私の憧れは消えないだろう。いつか縁があれば夢叶う日がくるかもしれない。その希望を胸に、私は美しい和装の世界で着物を縫い続けていく。

そばにいなくても、会えなくても、龍己先生が心を支えてくれている。だから私は不自由な生活の中でも、前を向き続けることができた。——けれど。

私が高校三年のとき、未来は閉ざされた。

日に日に荒れる兄、家中に響く怒声と何かが壊れる音。証拠を残さないため決して私に手を上げないという掟は壊され、私は腹部や背中や腿《もも》など、見えないところに青《あお》痣《あざ》を作るようになった。

両親の期待と愛を一身に受けたにもかかわらず徐々に能力が伴わなくなってきた兄は、ついに就職活動で盛大に躓《つまず》いた。

周囲が続々と内定をもらう中、取り残された兄は焦りから酷く苛立《いらだ》つようになった。

そんなとき、サークルの飲み会で就活がうまくいっていないことを仲間に揶揄《からか》われ、殴り合いの喧嘩《けんか》に発展してしまったらしい。

運が悪かったのは、相手に頭を縫《ぬ》うほどの大怪我をさせてしまったこと、そして相手の親も過保護だったということだ。

訴訟《そしょう》を起こされ大学にも行きづらくなり、もはや兄の就職は絶望的だった。

兄は家に引き籠もるようになり、両親に暴力を振るうようになった。

「お前らの育て方が悪い。お前らのせいで俺はこうなった」

そんな過干渉の子育て失敗の典型的な罵声を吐いて。

暴力に怯えた両親は私を盾にした。「真依が悪い。真依がいたから心太に十分手をかけてあげられなかった」と。

兄は今まで私を積極的に加害することはなかった。ただ家のことをする召使いくらいに思っていたようで、言葉を交わすこともなかったのだから。

けれど自分の惨《みじ》めさを周囲に当たり散らさなければ気の済まない今の兄にとって召使いの私はちょうどいいサンドバッグだったみたいだ。

その日から兄に、ものを投げられたり、直接叩かれたり、怒鳴られるようになった。痣は服の下にしかない。誰も気づかない。薄々勘づいたとしても、子供と違って女子高生に服の下を見せろとはなかなか言えない。

歪んだ家族の犠牲《ぎせい》になった私は逃げ出す術《すべ》もわからず、ただひたすら耐えた。

この頃の私には自ら福祉に頼るという発想もなかった。長年の虐待で心が麻痺していたのだ。余計なことをして家族の怒りを買う方が怖い。

今は息を潜《ひそ》め、一日一日を生き延びることしか考えられなかった。きっと、あと数ヶ月すれば高校を卒業してこの家を出ていけると信じて。

けれど。

「あんたはどこへも行かせない。言ったはずよ、あんたは心太のために生まれてきたんだって。この家を出ていくなんて許さない。逃げたとしたって、絶対に見つけて連れ戻してやる」

私が取り寄せた願書を破きながら、母はそう言った。ゴミ箱に捨てられた夢の残骸《ざんがい》を見ながら、私は自分が甘かったことを痛感する。

どうして出ていけると思ったんだろう。どうして自由になれるなんて考えたんだろう。兄のために生まれてきた私を、父と母が逃がすわけはないのに。

床にへたり込みながら小さく呟《つぶや》いたそれは、私が初めて口に出したSOSだった。

「……誰か助けて」

兄の暴力は日に日にエスカレートしていった。

今は私が学校に通っているから見えないところに痣をつけられるだけで済んでいるけれど、高校を卒業して家に閉じ込められるようになればもっと遠慮のない暴力を振るわれるのは明らかだった。

……私はきっと兄に殺されるんだ。

ぼんやりと、そんな予感を抱えながら生きていた。

二月。卒業式まであと一ヶ月を切った、寒い雨の日。私は重い足取りで帰路に就いていた。

雨雲のせいか午後四時でも空は暗くて、濡れたアスファルトに信号や街灯の明かりが映り込んでいる。足もとに跳ねた水が冷たくて、どうしてか無性《むしょう》に泣きたい気分になった。

帰りたくない。帰りたくない。

足が家に向かうことを、心が全力で拒む。気がつくと私は家とは逆方向に歩きだし、線路沿いに隣町へと向かっていた。無意識に、けれど私の心は求めていたのだと思う。この世界でたったひとつ、安らげるあの場所を。


四十分後。

「……何してるんだろう、私」

私は将棋教室の入っている雑居ビルの前に立ち尽くしていた。

三年前までは胸弾ませ毎月通っていた場所。なんの変哲もない雑居ビルなのに、見るだけで今でも胸がドキドキする。

けれど今の私がここに来たって意味はない。もう将棋教室を卒業してしまって居場所はないのだから。

雨の降りしきる中、ただビルの窓を見上げ続けた。ビルの窓からは明かりが漏れていたけれど、それが将棋教室のものなのかはわからない。私が通っていた頃の開催曜日とは変わっていて、違うカルチャースクールのものかもしれない。けれどそれでもよかった。私が見つめているのは思い出のぬくもりなのだから。

たった三年前の日々が、懐《なつ》かしくて懐かしくて涙が出るほど羨《うらや》ましい。あの日に帰りたい。駒音だけが響く教室、誰も私を傷つけない空間、そして——龍己先生とのささやかで幸福な時間。

私は歩道のガードパイプに腰を下ろし、思い出を重ねた明かりを見上げ続けた。濡れたガードパイプは冷たかったけれど気にしない。

門限の五時はとっくに過ぎている、帰ったらきっと酷い折檻《せっかん》をされるだろう。もしかしたら死んでしまうかもしれない。ならばいっそ、思い出に浸りながらここで凍え死んでしまいたかった。

辺りはすでに真っ暗で、雨の中ガードパイプに座って佇んでいる高校生を、行き交う人が怪訝《けげん》な目を向けて通り過ぎていく。そうしてどれくらいの時間が流れただろう。

「あ……」

まるで思い出の時間は終わりと告げるように、見上げていた窓の明かりが消えた。現実に引き戻された心が冷えていく。

ブレザーのポケットではずっとスマートフォンが震えている。家族からの呼び出しに間違いない。帰りたくない。けど行く場所なんてどこにもない。

「助けて」

俯いて、誰にも届かない祈りをぽつりと呟く。肩に乗せていた傘がずり落ちたけれど、それを拾う気力すらなかった。

顔を伝う雫に交じって、涙が溢れだしたときだった。

「……真依さん？」

無情に落ちてくる冷たい雨が、大きな紺色の傘に遮《さえぎ》られた。

「志村真依さん……だよね。どうしたんだい、ずぶ濡れになって」

ゆっくり顔を上げた視線の先に、その人はいた。

幻かと思った。あまりにも私が龍己先生に会いたいと願っていたから、哀れんだ神様が刹那《せつな》見せてくれた幻かと。

「龍己、先生……」

驚いていた彼の顔は、私が泣き崩れると同時に真剣なものになり、傘を持つのと逆の手で何度も優しく頭を撫でてくれた。その懐かしい感触が、幻なんかじゃないと私の心に訴える。

「先生……龍己先生……、私……」

昔から私の家庭事情を察していた龍己先生は、このときも何かを察したのだろう。

「落ち着いて、大丈夫。僕が話を聞くから」

そう繰り返して、私の気持ちが落ち着くまで傘を傾け頭を撫で続けてくれた。

龍己先生が連れてきてくれた甘味処は彼の馴染みのお店らしく、共に入ってきたずぶ濡れの私を見て店員さんがすぐにタオルを持ってきてくれた。

それから一番奥の暖房がよくあたる席へ通してくれて、温かいお茶を出してくれた。

龍己先生は栗ぜんざいをふたつ頼むと、私が話しだすのを急《せ》かすことなくジッと待った。

強く降っていた雨が霧雨に変わり、窓を叩いていた雨音がやむ。途中で栗ぜんざいが運ばれてきたけれど、俯いたままの私は手をつけられずにいた。

私は少し混乱していた。

「……あの……」

声が詰まる。何を話していいかわからない。家のことには他人は介入できないと母が言っていた。たとえそれが警察でも。ならばなんの権限もない人に相談をしてなんになるのだろう。

そもそも解決って何。私はあの家を出られないのに。もし逃げたとしても家族はあらゆる手を使って私を捜し捕まえるに違いない。そして逃げたことに激怒して、今度こそ私は殺される。

そこまで考えてブルリと背を震わせた。もしかしたら私は間違えてしまったかもしれない。あんな恐ろしい家族のことに、他人を……龍己先生を巻き込んではいけない気がした。

ますます何を話していいのかわからなくなり、私は顔を俯かせたまま目線だけを上に向けて龍己先生を見やった。

どうやら今日は将棋教室の開催日だったらしく、コートを脱いだ龍己先生は紺のスーツ姿だった。三年ぶりだけれど容姿はあまり変わっていなくて、清涼な雰囲気も変わっていない。

私が見ていることに気づいた龍己先生が、微かに口もとを緩める。昔と変わらない柔和な表情に懐かしい安心感を覚えたら、止まっていた涙がふいにひとすじ流れた。

「焦《あせ》らなくていいよ。話したいことだけ話してごらん」

ああ、そうだったと私は思い出す。

龍己先生はこの世界でたったひとり、私の話に耳を傾けてくれた大人だった。

被虐待児は往々にして洗脳されている。助けなんてない、逃げ場所なんてない、虐げられるのはお前が悪い子だからだと。私もそうだった。だからずっと「助けて」って言えなかった。助けがあるなんて思ったこともなかった。でも――。

「龍己先生……私を助けてください……」

この人ならきっと、手を差し伸べてくれる。

龍己先生が与え続けてくれた安心感が、私に手を伸ばす勇気をくれた。


龍己先生は私から目を逸《そ》らさず話を聞いてくれた。

たどたどしい口調で、時系列も支離滅裂《しりめつれつ》になっている私の話はさぞかしわかりにくかったと思う。

けれど彼は一度も遮ることなく、ただ時々唇を噛《か》みしめて耳を傾け続けてくれた。

「話してくれてありがとう。今まで苦しかったね」

私の話を聞き終えた龍己先生はそう言って微笑みかけてから、顎に手をあて少し考え込むように口を開いた。

「出すぎた真似かとは思ったけれど」と口火を切り、龍己先生はかつて何度か児童相談所に相談に行ったことを打ち明けた。

七年前、一度だけ児童相談所の職員がうちへ来たとき。やはりあれは彼からの通報だったのだ。

龍己先生は気づいていた。私の家庭環境が普通ではないことに。けれど何せ外部が追求できるような証拠もなく、第三者が踏み込むには限界があった。警察にも相談したけれど、事件性がなければ扱ってくれるはずもなく。ただ私の無事を祈りながら手をこまねいて見ているしかなかった自分を、龍己先生は「不甲斐ない」と申し訳なさそうに語った。

「真依さんが将棋教室を卒業してからもずっと気になっていたんだ。あの子はちゃんと、心安らげる新しい場所を見つけられたかな……って」

あの頃、将棋教室が唯一の心の拠《よ》り所《どころ》になっていたことも龍己先生はわかっていた。孤独で居場所のない子供は、見ていればわかるのだという。

「それから、高校を卒業したら家を出て独り立ちできるといいなってね」

そこまで話して、龍己先生は一度口を噤《つぐ》んだ。今までまっすぐ前を見ていた視線を落とし、顎に手をあてたまま深く考え込む。

「……どうしてそんな残酷なことができるんだろうね……」

聞こえないくらい小さな声で呟かれたそれは、静かな怒りに満ちた独り言だ。龍己先生を知ってから八年、初めて見た彼の怒りの片鱗《へんりん》だった。

それから龍己先生はしばらく考え込んでいた。きっと私をどうすればいいのか考えてくれていたのだろう。

体に痣がある今なら、児童相談所も動いてくれるかもしれない。けれど私は十八歳で、あと一ヶ月もすれば児童相談所の対象から外れる。

完全な保護を望めないなら、下手に外部が介入して両親や兄の怒りを買うのは得策《とくさく》ではない。

それは他の支援センターも同じだ。必要なのは緊急、かつ長期的な保護だと龍己先生が呟いた。

「……たとえ何年経っても、私はあの家には帰りたくない。母は私が逃げても絶対に探し出して捕まえるって言ってました。どこかに保護されても、そこを出た途端きっと見つかって連れ戻される……！」

恐怖が蘇って、私は自分の体を抱きしめながら声を震わせた。

そのとき、店内にあるレトロな振り子時計が午後八時を報せた。私はハッと顔を上げ、込み上げる不安にギュッとブレザーの裾《すそ》を握りしめる。

「どうしたんだい？」

「……も、門限五時なんです。初めて破っちゃった……。きっと兄も母もすごく怒ってる……い、言うこと聞かなかったら今度は首を絞めてやるって、兄が……」

恐怖と緊張のあまり、呼吸が乱れた。龍己先生が目の前で救いの手を差し伸べてくれているというのに、心身に恐怖を刻み込まれている私は急いで帰らなくちゃ酷い目に遭《あ》わされるという焦燥《しょうそう》に囚われる。帰りたくないのに帰らなくてはと、心と頭が混乱していた。

龍己先生の顔が、見たことのない表情に変わる。救いようのない醜悪な存在を初めて知ったような、憤怒《ふんぬ》と嫌悪が混じった表情。そしてきつく唇を引き結び、腰を浮かしかけていた私に「大丈夫だから、座って」と声をかけて、しばらく黙り込んでしまった。

遅々《ちち》として這《は》うような時間。静かに流れる音楽と、雑音には感じない店内の喧騒《けんそう》。

一番煩いのは、不安に早鐘を打つ私の心臓だ。

やがて龍己先生は伏せていた目を私の方へ向け、ゆっくりと口を開いた。

その瞳にはいつか見た、静かな闘志が宿っている。

「真依さん。僕と嘘の結婚をするのは嫌かな」

ふたりの生活

「お……お世話になります」

高校で使っていたスポーツバッグを抱えてやって来た私に、龍己先生は「いらっしゃい」と落ち着いた笑みで迎えてくれた。

三月某日。高校の卒業式を終えると同時に私は龍己先生の家に住むことになり、その日のうちに婚姻届けを出しに行った。まだ桜の蕾も膨《ふく》らまない、早春のことだった。

私を助けるために結婚を提案したあの日、龍己先生はその足で私の家に行き両親に結婚の申し込みをした。

両親は当然唖然《あぜん》とし戸惑《とまど》っていたけれど、ミーハーで見栄っ張りな母が龍己先生のネームバリューに目が眩《くら》んだのと、彼が結納金という名目で相場の十倍のお金を包む約束をしたことであっさりと承諾した。

たとえ大金を積まれても普通の親なら、未成年の娘がいきなり二十二歳も年上の男性と結婚することを簡単には許さないだろう。

けれどうちは例外だ。私はこの家にとって愛しい娘ではなく、兄のために利用価値のある召使いなのだから。召使いが一千万で売れて、しかも有名人の妻という肩書まで得られたら万々歳《ばんばんざい》のはずだ。

『お金で解決するような真似《まね》をしてごめんね』と龍己先生はこっそり謝ってくれたけれど、私はこんな自分のために大金を出させてしまったことを申し訳なく思った。

高校卒業までの一ヶ月間は自宅で過ごしたけれど、もう兄が暴力を振るってくることはなかった。疵物《きずもの》にして結婚を取り消されたらまずいと、さすがに兄も両親も思ったのだろう。欲深い彼らにとって莫大《ばくだい》な結納金が大きな抑止力となってくれた。

そうしてなんとか無事に卒業式を迎えた私は、十八歳の女の子としては圧倒的に少ない服や私物をバッグに詰め込み、両親に「お世話になりました」と形ばかりの挨拶を残して家を飛び出した。

龍己先生の住居は、西東京《にしとうきょう》の静かな住宅街にある。

緑が多く、趣《おもむき》を感じられる街。その一角《いっかく》に建つ広い日本家屋。それが龍己先生がひとりで暮らす……今日からは私の住処《すみか》となる家だ。

正門まで迎えに出てくれた龍己先生は、手を伸ばし私のバッグを持ってくれた。それから少しだけ視線を動かして「荷物、他には？」と穏やかに聞いた。

「これだけ……です。私、あんまり服とかも持っていなくって」

答えながら、なんだか恥ずかしくなって俯いてしまう。きっと普通の女の子はもっといっぱい服や靴を持っているのが当たり前なのだろう。それからきっと、両親に嫁入り道具を持たされるのが常識に違いない。

自分のみすぼらしさを恥じて下を向く私に、龍己先生は「そう」と明るく言うと背中をポンと叩いた。

「じゃあ婚姻届けを出しに行った帰りに、買い物をしようか。申し訳ないけれどこの家には若い子が喜びそうなものが何もなくてね。真依さんが使うものを揃《そろ》えに行こう」

「え、でも」

来て早々《そうそう》面倒をかけるのを申し訳なく思い顔を上げると、龍己先生は屈託《くったく》のない笑みを浮かべた。

「ピンクのマグカップとかフワフワしたスリッパとか、女の子はそういうのがいいのかな。……あ、今はそういう決めつけをしちゃいけないんだっけ。うん、何色でもいいよ。真依さんが好きだなと思うもので生活を満たそう」

少し照れたように言うその姿に、緊張していた体から力が抜けた。なんだか胸が温かい。龍己先生はやっぱり、世界でただひとり私に安心感をくれる人だ。

「え……臙脂《えんじ》色とか好きです。あと、萌黄《もえぎ》色とか」

ようやく顔を綻ばせることができた私に、龍己先生は目を細めてうんうんと頷きながら、一緒に玄関までの飛び石の上を歩いていった。


この結婚は、物騒な言い方をすれば〝偽装結婚〟だ。

私を迅速《じんそく》に、かつ長期的に保護することが目的であって、結婚生活が目的ではないのだから。

私からしてみればこの上ない恩義だし、人道的だと思うけれど、日本の法律に照らし合わせると褒《ほ》められたことではないらしい。

だからこの結婚が偽装であることは誰にも秘密だ。私と龍己先生は一応愛し合って結婚したことになっている。

もちろん実態は違う。彼は偽装結婚を提案したとき、はっきりと言った。『寝室は別だから、そこは安心してほしい』と。

龍己先生の言葉は誠実だ。結婚という建前につけこんで、いやらしいことを要求したりはしない。……もっとも、十八歳の私なんか四十歳の彼から見たら子供すぎて、そういう対象にならないのだろうけど。

幼い頃から最低限、かつ不規則にしか食事を与えられなかった私の体は豊満とは言い難い。お化粧もしたことがなく、我ながら垢抜《あかぬ》けない印象だ。髪もあまり切りに行かせてもらえなかったので、ずっと前髪と毛先だけ自分で整えるロングヘアでいる。

正直、大人の女性どころか普通の女の子としても魅力に乏《とぼ》しいと我ながら思う。こんな私が夜の心配をすることの方がおこがましいくらいだ。

けど誠実な龍己先生は約束通り、私に個別の寝室をくれた。それどころか「自由に使っていいよ」ともうひと部屋与えてくれたのだ。寝室ももうひと部屋も、日当たりのいい清潔な和室だった。飾り気のないシンプルな部屋だったけど、畳の井草のいい香りがして、私はたちまちこの部屋が好きになった。

龍己先生の家は居間を含め、部屋数が九つもある。回り廊下や縁側もあって、昔ながらの日本家屋という感じだ。庭には犬柘植《いぬつげ》や山茶花《さざんか》、南天などの庭樹があり、それらは庭師さんが手入れをしてくれているのだとか。

私から見れば広くて趣のある立派な家屋だけれど、龍己先生は「古いだけだよ」と眉尻《まゆじり》を下げて笑う。先祖代々受け継いでいる土地で、この家も細々《こまごま》手入れをしつつ築五十年以上とのことだ。

「両親が他界してひとりで暮らすようになってもう二十年近く経つけど、やっぱりひとりじゃ持て余してほとんどの部屋は使っていなかったんだ。だから、使いたかったらどんどん使っていいからね」

そう言って龍己先生は家の中をひと通り案内してくれたけど、本当に使われていたのはたった三部屋だけで、そのもったいなさに私は密《ひそ》かに驚いた。ちなみにその三部屋とは、龍己先生の寝室兼書斎《しょさい》、食事を摂《と》る居間、お客さんが来たときに使う八畳間のみっつだ。

私には寝室と別室をふたつも与えてくれたのに、どうして本人はこぢんまりと一室に収まってるのだろう。

その疑問は、家の中をひと通り見てなんとなく納得した。

私物をほとんどもっていない私が言うのもなんだけど、龍己先生の家は簡素だ。建物は立派なのに、中はあまりに飾り気がない。花瓶や置物などの装飾物がないのはもちろん、生活感すらない。ポツンと座卓しかない居間なんか、断捨離《だんしゃり》しすぎてしまった部屋みたいになっている。

代わりに、龍己先生の部屋は情報に溢れていた。そう、すべて将棋の情報に。

文机《ふづくえ》に積まれた棋譜の山。本棚から溢れているのはすべて将棋の研究本と棋譜を収めたファイル。解析のためのノートパソコン。脚付きの将棋盤の近くには布団《ふとん》が敷かれたままになっていて、それは彼が研究をしながら寝落ちしているだろう日常をありありと伝えていた。

……もしかして、龍己先生って。

「僕は将棋以外のことにあまり興味がなくて。研究に没頭《ぼっとう》してると寝食《しんしょく》も忘れることが多いんだ。不摂生《ふせっせい》だって、よく弟子に叱られるんだけどね」

私の感じたことを、龍己先生は先回りして口にした。恥ずかしそうにはしているけど、悪びれている様子はない。

「先生、ご飯ちゃんと食べてます？」

「……食事のことを思い出したときは食べてるよ。ただ外食がほとんどだから、夜中に思い出してもお店が閉まってるんだよね」

「そういうときはどうするんですか？」

「あきらめるしかないねぇ」

……私にとって龍己先生は、尊敬に値する完璧《かんぺき》な大人だった。優しくて礼儀正しく紳士的で、理性的で穏やかで頭が良くて……。そんな彼のあまりに意外な一面に、正直ショックが隠せない。

「あきらめないでください！　っていうか『思い出す』って……。食事のこと普通忘れないと思いますよ」

お世話になる立場も忘れてついツッコミを入れてしまうと、龍己先生は困ったように笑って「真依さん、弟子たちと同じこと言ってる」と一歩あとずさった。

名人位を三期も獲《と》るほどの天才棋士になるには、人間生活の根幹である食事や睡眠を捨て去るほど将棋にのめり込まないといけないのだろうか。いや、そんなはずはない。もしそうなら将棋連盟からは栄養失調で倒れる人が続出してしまう。

私はこの結婚を提案されてからずっと龍己先生に申し訳なさを感じていた。何故ならこの偽装結婚は彼にとって何ひとつメリットがないのだから。

けど、もしかしたらほんの僅かでも彼の役に立てることがあるかもしれない。

「私、今夜からご飯作ります」

「そんな、来て早々悪いよ。しばらくのんびり過ごしてからでも……」

先生はのんきにそう言うけど、スイッチが入った私は止まらない。

「いいえ、作らせてください。それから、市役所に行く前にお布団干しましょう。あと帰りにスーパー寄りたいので、冷蔵庫開けさせてもらいますね」

「あー……冷蔵庫は……」

「先生……私こんなに空っぽな冷蔵庫初めて見ました。お水すら入ってない」

台所で呆然《ぼうぜん》とする私に、龍己先生は「真依さんはしっかり者だなあ」と困り顔で笑う。さっきまでの緊張がすっかり解《と》けた私は、頭の中で今夜と明日の朝と昼の献立《こんだて》と買い物の予定を考え始めたのだった。

「おめでとうございます」

市役所に婚姻届けを出すと、窓口の人が微笑んでそう言ってくれた。

そのひとことで（ああ、私って結婚したんだな）という自覚がジワジワと湧いた。

ほんの半月前まで、自分が結婚するなんて思いもしなかった。それも初恋の龍己先生と。

あくまで私の保護を目的とした結婚だけれど、仮にも今日からは彼の奥さんなのだと思うとなんだか胸がドキドキとした。

ふと隣の龍己先生を見ると、彼はいつもと変わらない落ち着いた顔をしていた。そのことにホッとしたような、ちょっとだけ寂しい気もするような。

そんなことを思っていると、龍己先生がこちらを向いて柔らかな笑みを浮かべた。

「これで戸籍上は僕たちは夫婦だ。改めて、よろしくお願いします」

ペコリと頭を下げた彼に、私も慌《あわ》てて姿勢を正してお辞儀《じぎ》する。

「こ、こちらこそ。ふつつか者ですがよろしくお願いします」

焦っていたので変なことを言ってしまっただろうか、龍己先生がフフッと小さく笑う。

「真依さんはちっともふつつか者じゃないよ。家に来てさっそく布団を干したり、献立の計画を立ててくれたりしたじゃないか」

「それくらいは……大したことじゃないですから……」

褒められて面映《おもは》ゆくなった私はモジモジしながら返したけど、龍己先生が「大したことないなら、それができない僕の方がふつつか者だなあ」と言った言葉に思わず笑ってしまった。

そして笑い声をたてている自分に驚く。

とっくに笑顔なんてなくしたと思ってた。もう人生でこんなふうに笑う日なんてこないと、あの雨の日まで思っていたのに。

自分が救われたんだという実感がみるみる込み上げ、うっかり瞳が潤んでしまった。

慌てて涙を拭《ぬぐ》う私を、龍己先生は静かに頷きながら見つめて言った。

「今日からは僕がきみの家族だよ。なんでも頼っていいからね」と。

市役所を出た足で、近隣を案内してもらいながら駅近くのショッピングモールへと行った。龍己先生はそこで私に必要な生活用品を買ってくれた。

お箸《はし》にお茶碗、マグカップ。スリッパ、お風呂で使うもの。それから衣類も。着るものは持参してきていたけど、正直助かった。学校以外ほとんど外出させてもらえなかった私は、ろくな私服も持っていなかったのだから。

「保護するっていうのは手もとに置いておくだけじゃないからね。僕は真依さんに人として当たり前の生活をしてもらいたい。だから遠慮はなしで、必要だと思うものを十分に買って」

そんな龍己先生の言葉に甘えて、私は外着と部屋着だけでなく下着や靴も幾つか買わせてもらった。どれぐらいが適正な量なのかわからないけれど、とりあえず雨で洗濯物が乾かなくても一週間は困らないぐらいの量を買う。

こんなに自分のものを買ったのは初めてだった。どんどん気分が高揚していって、会計を済ませたあとは妙な達成感が湧いた。

「ありがとうございます。私、こんなに服買ったの初めて……。すごく嬉しくて、毎日着るのが楽しみです」

頬を紅潮させてお礼を告げた私に、龍己先生はニコニコとしながら「うん、うん。

とってもいい顔をしてるね」と頷いた。

身の回りの必要なものを買ったあとは、スーパーに食材を買いに行った。

カートにカゴをふたつ乗せた私は、空っぽの冷蔵庫に必要なものや、今日と明日の食材などを入れていく。

「龍己先生は普段は何を飲んでるんですか？　コーヒーとか……あ、コーヒーは苦手なんですよね。じゃあ緑茶とかですか？」

「緑茶もたまにしか飲まないかな。カフェインはあまり取らないんだ。適当にお湯を沸かしたりして飲んでるよ」

「白湯《さゆ》ですか。うーん、一応ほうじ茶も買っておいていいですか？　あと麦茶も作って冷蔵庫に入れておきたいです。あ、食材のアレルギーってありますか？」

「アレルギーはないよ。嫌いな食べ物も……ないかな」

「お酒は飲みますか？」

「いいや。下戸《げこ》なんだ」

買い物を通して、少しずつ龍己先生の暮らしが見えてくる。

将棋教室に通っていた頃に、彼のことが知りたくてあれこれ聞いていたことを思い出す。なんだかあの頃の続きみたいだ。

「苦い食べ物が嫌いなんですか？　ふきのとうとかゴーヤとか……」

「多少なら平気だよ。チョコみたいにわざわざ好きこのんで食べないだけで」

「そうなんですね。あ、牡丹餅《ぼたもち》売ってる。先生、餡子は好きですよね。買っていきます？」

「いや、和菓子なら美味しいお店を知ってるんだ。帰りに寄っていこう」

「わあ、楽しみ」

　ふたりでお喋りをしながらする買い物がとっても楽しいことを、私は初めて知った。子供の頃から義務で一度も楽しいと思ったことなんかなかったのに、今は足取りが弾みそうなほどウキウキしている。

　そうしてショッピングモールで買い物を終えた私たちは、帰り道で龍己先生お気に入りの和菓子屋さんに寄り道して牡丹餅とどら焼きを買ってから帰宅した。

　結婚初日の晩ご飯はちょっと頑張って天ぷらとちらし寿司を作ることにした。それからおひたしやお吸い物も。お祝いしていいものなのか迷ったけれど、思いきって少し豪華なメニューにした。

　この家の調理場は、キッチンというより台所と呼ぶのに相応しい造りだ。数年前にリフォームしたらしく純和風な雰囲気を残しながらも水回りは新しく綺麗で、雑誌に載《の》っている古民家カフェみたいだと思った。

初めて立つ台所に少し手間取ったものの、料理は失敗せず作れたと思う。

居間のお膳に並べたおかずを見て、龍己さんは「すごいね、ご馳走《ちそう》だ」と目を細めた。

「お口に合うといいんですけど……」

小学生のときからやらされていたので、料理自体はそこそこできる。けど家族以外に食べてもらったことがないので、客観的に美味しいかどうかはわからない。

もし不味《まず》くて怒られてしまったら、捨てられてしまったらと思うと緊張する。せっかく龍己先生が私を引き取ってくれたのに、ご飯が口に合わなくて嫌われてしまったらどうしようなんて不安まで湧いた。

けれどそんな私の心配とは裏腹に、彼は丁寧に「いただきます」と手を合わせ箸を口に運ぶと、「うん。とっても美味しいよ」と言ってくれた。

「……」

思わず箸を止めてぼーっとしていると、それに気づいた龍己先生に「ん？　どうかした？」と尋ねられた。

「……いえ、あの……ご飯、美味しいって食べてもらえるの初めてだったから。なんか新鮮っていうか、嬉しいっていうか」

素直に感激を伝えると、龍己先生は柔らかく微笑んだ。けれどその笑みにはどこか、悲しそうなものを感じる。

「僕にとっては作ってくれるだけでもありがたいし、すごいことだよ。そのうえ本当に美味しい。どうもありがとう」

彼の言葉を聞いて、体の芯にまで染《し》みついていた不要な緊張が洗い流されていった。

この家では作った料理を捨てられたりしない。うまくできなかったとしても罵られない。食事の支度が遅くなったとしても、龍己先生は不機嫌になったりしない。

深い安心感を覚えた私は、初めて自分の作ったご飯を美味しいと思えた。

「いっぱい食べてください、おかわりありますから」

嬉しくてはにかんで言う私を、龍己先生は優しい眼差《まなざ》しで見ていた。

心から寛《くつろ》いで好きな人と向かい合って食べるご飯はこんなに美味しいと、十八年間で初めて知ることができた夜だった。

晩ご飯のあとは一緒に洗いものをして、それからお風呂に入った。

お風呂はさすがに緊張した。だって自宅以外のお風呂に入るのは初めてだし、しかも龍己先生がひとつ屋根の下にいるのに入浴するのだ。私だって一応年頃だし、恋する乙女というやつなのでドキドキする。

台所と同じく、実家と比べこの家のお風呂は大きかった。御影石《みかげいし》の浴槽は脚《あし》を伸ばして入れる。裏庭に面した広い窓からは夜空が見えて、なんだか贅沢《ぜいたく》な気分になった。

シャンプーとコンディショナーは買い物のときに私のぶんを買ってもらったけど、ボディーソープは同じものを使わせてもらうことにした。

体を洗っているとき龍己先生と同じ香りが漂って、ますます気持ちが落ち着かなくなる。これから毎日同じ香りになるのだと思うと、口角がムズムズして上がってしまいそうだ。

「気持ちいい……」

ゆっくり湯船に浸かっていると、自然と口からそんな声が零れた。

買い物も食事もお風呂も、こんなに楽しくて寛ぐ時間だったなんて知らなかった。

それでも初めての暮らしは少し疲れていたみたいで、程よい温度の湯船の中でウトウトと眠くなってくる。

まどろむ頭の中で思い浮かぶのは、今日の龍己先生だ。

初めての顔をたくさん知った一日だった。『真依さんが好きだなと思うもので生活を満たそう』と照れたように笑った顔も、寝食に無頓着《むとんちゃく》なところも、お酒もカフェインも摂らないことも、私のご飯を美味しそうに食べてくれた姿も。

胸が心地よくトクトクと鳴る。これからもっともっと、龍己先生を好きになっていく予感がした。

こうして、天才棋士と家族から逃げてきた私の、二十二歳差の不思議な結婚生活は幕を開けた。

◆
◇

桜の蕾《つぼみ》も膨らみ始めた三月末。

今日は王位戦挑戦者リーグ戦。まずは一勝を得てホッと対局室を出た僕のもとに、弟弟子の亀梨《かめなし》くんが鬼の形相《ぎょうそう》で駆けてくる。

「久我さん!! どういうことですか!?」

「うーん、所沢《ところざわ》さん強いからねえ。今日はだいぶ苦しめられたけどなんとか――」

「そうじゃなく! け、け、結婚したって本当ですか!?」

てっきり今日の対局のことを聞かれるのだと思っていたが、意外な話題を出されて僕は目を丸くした。

「なんで！　どうして俺に教えてくれなかったんですか！　いくら久我さんが将棋以外プライベートはすっからかんでも、そんな大事なことくらい報告してくれてもいいじゃないですか！」

縋《すが》りつくように腕を掴《つか》んで涙目になっているこの青年は亀梨くん。守りの棋風《きふう》に定評のあるB２級の棋士だ。溌剌《はつらつ》とした印象の彼は、茶色く染めた髪と相まって大学生みたいに見えるが、もうすぐ三十歳になる。

将棋界には師弟制度があり、僕と亀梨くんは師を同じくする一門だ。つまり僕と彼は〝兄弟子〟〝弟弟子〟という関係である。

「亀梨くん、静かに。まだ対局してる人がいるんだから」

人差し指を立てシーッとすると、亀梨くんはハッとして自分の口を手で押さえた。

「とりあえず出ようか。どこかで食事でもしながら――」

言いかけて、口を噤む。時間は夜の十時。真依さんはもう床《とこ》に就《つ》いたかもしれないが、居間のお膳の上にはきっとラップをかけた栄養満点の晩ご飯が並んでいるはずだ。

「……駅まで歩きながら話そうか。缶コーヒー奢《おご》るよ、好きだろう？」

「今、食事って言いかけませんでした？　急に単価下がりましたね」

「それより亀梨くん、今日王将戦の一次予選だったよね。どうだったの」

「……聞かないでください」

すっかりしょげてしまった亀梨くんの肩を抱きながら、僕らは将棋会館を後にした。


婚姻届けを出し、真依さんがうちで暮らすようになってから二週間が過ぎていた。

僕はこの結婚を最低限の知人にしか話していない。お披露目《ひろめ》目的の披露宴もしていなければ、結婚式もしていない。何故なら、僕たちは仮初《かりそ》めの夫婦だからだ。

真依さんはいつか愛する人を見つけ、僕の保護下から出ていく。そのときに外野からの声は少ない方がいい。事情を知らない人たちからなんやかんやと言われることは、彼女のためにならない。

そして愛する人のために着る純白のドレスは、その日のために取っておくべきだと僕は思う。

真依さんもそれに同意したが、娘が有名人と結婚したことを自慢したい彼女の両親は随分文句を言ってきた。もちろん、ふたりの問題だからと突っぱねたが。

いずれは真依さんを家族から完全に切り離したいと思っているが、先は長そうだ。

高額の結納金を条件に真依さんを娶《めと》ったものの、それだけで済まないだろうということはわかっている。

簡単でないことは初めから覚悟の上だ。僕がするべきことは、どんな手段を使ってでも彼女を両親から遠ざけ匿《かくま》い続ける、それだけだ。

「向こうのご家庭がちょっと複雑でね。あまり大事《おおごと》にしたくないんだ」

千駄ヶ谷《せんだがや》の駅のホームに並んで、僕は亀梨くんに結婚のことを手短に話した。もちろん真依さんが被虐待児であることも、彼女を守るための偽装結婚であることも隠して。

途中で買った缶コーヒーは、まだ温かい。それをモゾモゾと手で包んで、言葉を続ける。

「ああ、もちろん将棋連盟の会長や師匠やお世話になってる方たちには報告はしてあるよ」

「知ってます。俺、師匠から聞いたんですから」

亀梨くんは不満そうに言って缶に残っていたコーヒーを飲み干し、こちらを見た。

「でも結婚式も披露宴もしないなんて……。奥さん、可哀想じゃありません？」

「ふたりで話し合って決めたことだから」

「まあ久我さんの場合、結婚したって知れたらマスコミが騒ぎそうですもんね。スポーツ新聞とか女性週刊誌に『イケメン棋士結婚！』なんて書かれて、奥さんの写真隠し撮りされそう」

「そういうのが一番困る」

想像して、苦笑を浮かべた。真依さんは生まれてからずっと気の休まるときがなかったのだ。どうか彼女がようやく手に入れた平穏な生活を乱さないでほしい。

「でも俺はいいですよね？　今度久我さんの家で研究会やりましょ。そのときに奥さん紹介してくださいよ」

僕は少し考えてから軽く頷いた。ここ一ヶ月ほどは遠ざけていたが、亀梨くんはじめ他の弟弟子や研究会の仲間はなんだかんだうちに集まることが多い。どうせいずれは真依さんと顔を合わせることになるだろう。

「やった！　ささやかながら結婚祝いしましょうよ。俺、酒持っていきますから」

こぶしを握りしめ嬉しそうに口角を上げる亀梨くんの上着のポケットに、僕は蓋を開けてない缶コーヒーを勝手に入れた。彼に奢るついでに買ったものの、苦い飲み物はやっぱり飲む気になれない。

「お酒はいらないよ。彼女まだ未成年だから飲めないんだ」

「……ん？」

そのとき駅のホームに電車が滑り込んできて、乗り込もうとした僕の背に亀梨くんが問いかける。

「……奥さん、お幾つなんですか……？」

「十八」

夜の千駄ヶ谷駅のホームに、「はぁあああっ!?」という亀梨くんの絶叫が響いた。


家に着いたのは十一時を過ぎてからだった。

玄関を開け中に入ると、居間から明かりが漏れていることに気づく。靴を脱いでいると襖《ふすま》の開く音が聞こえ、パタパタと足音が近づいてきた。

「おかえりなさい、龍己先生」

「ただいま」

家に他人がいる生活にはだいぶ慣れてきたものの、夜遅く帰ったときに可愛らしいギンガムチェックのパジャマ姿で出迎えられることにはまだ慣れない。なんだかムズムズする。

「まだ起きてたのかい。先に寝てていいのに」

「クッションカバー作ってたらこんな時間になっちゃったんです」

まだ幼さの残る顔に、はにかんだ笑みを浮かべて彼女は言う。

共に暮らすようになって、真依さんが手芸や裁縫が好きだということを知った。

家では自由がないので、学校の昼休みなどに端切れ布などを使って練習していたらしい。教室のカーテンがほつれたときも、家庭科室のミシンを使わせてもらい修復してあげたのだとか。もちろん家庭科の裁縫実習は大好きだったそうだ。

この家は若い女の子が暮らすには殺風景だと自覚していた僕は、好きにインテリアを整えていいよと彼女に告げた。自分はインテリアには関心がないので、家中を七色に染められようが、モノトーンに染められようが構わなかった。

しかし、真依さんのセンスは思った以上に卓越したものだった。……センス皆無《かいむ》の僕がこんなふうに評するのはおこがましい気もするが。

インテリア代として渡したお金で彼女は布を買ってきて、日がなせっせと様々なものを縫いだした。居間のカーテンは春らしい若葉色になり、座布団のカバーもそれに合わせて若菜色の紬《つむぎ》のものに変わった。

手縫いでは大変だろうと思いミシンを買ってあげたら、三日で家中のカーテンが新しいものに変わり、それだけで無機質だった我が家がパッと明るくなった。

配色のセンスも大したものだが、驚くべきはその技術だ。『こういうの好きなんです』と言って真依さんはなんでも縫ってしまう。彼女が今着ているパジャマもそうだ。ずっとつらい環境にいながらも、好きなこと・得意なことを確立させていた彼女を、僕は密かに尊敬する。できることならそれを、彼女の将来の糧《かて》に繋げられたらとさえ思う。

「それより、龍己先生。今日、勝ったんですよね。対局結果ネットで見ました。おめでとうございます」

居間に入ると、真依さんは僕が脱いだ上着をハンガーにかけてからパチパチと手を叩いた。「おめでとう」を言われることには慣れっこのはずなのに、何故だかこそばゆい。

「ありがとう」と座卓の前に腰を下ろせば、お膳の上にはラップをかけたおかずが並んでいる。鳥の塩麹《こうじ》焼き、白和《しろあ》え、蛸《たこ》の酢の物。それから、台所へ行った真依さんがお盆に筍《たけのこ》ご飯と味噌汁を載せて戻ってきた。

「お赤飯にすればよかったかな」と呟いた彼女に、「それはタイトルを獲ったときにとっておこう」と笑う。

裁縫の腕もだが、彼女は料理の腕も申し分ない。ただしこちらは長年家族に強制されていた結果なので、素直に褒めていいのかは悩ましいところだ。

結婚してから真依さんは、家事の一切合切《いっさいがっさい》を担ってくれている。やらなくていいんだよと伝えたが、世話になっているのだからこれくらい当然ですと彼女は言う。

あまりお客様扱いするのも却《かえ》って彼女を恐縮させてしまうし、それに突然自由の身になってどうすればいいのか、彼女自身まだわかっていないのだろう。

今は真依さんのやりたいようにやらせてあげるのが最善かと思い、厚意に甘えている。ただ。

「いつもどうもありがとう。毎日助かっているよ。けど、何度も言ってるけど無理だけはしないでくれ。僕が真依さんと結婚したのは、きみを自由にするためだ」

どうかこの生活に、義務感を覚えないでほしい。

真依さんは僕に強く恩義を感じているが、彼女の戸籍に傷をつけたこの手段は褒められたものではない。こんな未熟な手しか考えられなかったことを、申し訳ないとさえ思う。

僕は真依さんが何かを犠牲にして尽くすほど、大層な人間ではない。

「真依さんには伸《の》び伸《の》びと人生を送ってほしい。遊ぶのも、学ぶのも、もちろん恋愛するのも自由だ。これから先、真依さんに愛する人ができて尚且《なおか》つその人がきみを守ってくれるならば、いつだってここを出ていっていい。真依さんは自分が幸せになることだけを考えればいいんだよ」

味噌汁を啜《すす》りながら言えば、座卓の向かい側に座っていた彼女は口を引き結んで深く頷いた。そしてまっすぐに僕を見つめて口を開く。

「龍己先生も、本当に結婚したい人ができたらすぐに言ってくださいね。私も先生に幸せになってほしいから、絶対邪魔にはなりたくないです。そのときは私、すぐに出ていきますから」

彼女の幸せを願って伝えたのに、逆に幸せを願われてしまった。つくづくこの子はいい子だなと思うと同時に、なんだか可笑《おか》しくもなってくる。

口もとが綻びそうになったが、真剣な真依さんの眼差しを見ていたら、どうしてか少しだけ悲しい気持ちが胸に染みを落とした。

臙脂とパステル

私が龍己先生と結婚してこの家で暮らすようになってから、二年ちょっとが過ぎた。

「龍己先生、新しい浴衣《ゆかた》できたのでよかったら着てみてください」

できたばかりの柳色の浴衣を手に居間へ行くと、棋譜を読んでいた龍己先生は振り返ってゆっくり立ち上がり、「涼し気な色でいいね」と目を細めた。

さっそく袖を通してくれた彼の襟《えり》の合わせを整え、裄《ゆき》の長さを確認する。指先に触れた生地越しの肌に、胸が静かに甘く疼《うず》いた。

「うん、大丈夫そう」

我ながら綺麗にできたと思い呟けば、龍己先生は「着心地がいいよ。さすがプロだね」と満足そうに頷いた。

縁側から見える庭では、青い紫陽花《あじさい》が静かに雨に濡れている。この雨が上がる頃には、きっと季節は本格的な夏へと変わるだろう。

「今年も朝顔を育てようか」

庭に目を向けていた龍己先生がポツリと尋ねる。

「そうですね。それからまた、鬼灯《ほおずき》の鉢植えも買いたいです」

来たときは庭樹しかなかった庭に、季節の花の鉢植えが並ぶ。居間に増えた飾り棚には、赤い実をつけたスグリの枝を挿した花瓶。

殺風景だった部屋に、ふたりの思い出が彩《いろどり》になって飾られていく。

この春から私は、和裁縫士として都内の和裁縫製所で働いている。一度はあきらめた夢をこうして叶えられたのは、全部龍己先生のおかげだ。

二年前、彼は私が和裁縫士になりたかったことを知り、専門学校へ通わせてくれた。三月末の締切ギリギリだったけれど願書は受け付けられ、無事に合格し、二年の通学を経て和裁技能士二級を取得することができたのだ。

本当に、本当に、龍己先生には頭が上がらない。私を保護し身の安全を守ってくれるだけではなく、決して安くない学費を出して夢まで叶えてくれるなんて。

かかったお金は少しずつ返していくつもりだけど、この恩は一生かかっても返せないだろう。

高校生の頃から趣味で座布団カバーやパジャマなどを作っていたけど、最近ではこうして龍己先生の浴衣も作るようになった。

私が和裁縫士になりたいと思ったのは、十三歳のときに龍己先生がタイトル戦で和服を着ていたのを見たからだ。

あれからずっと彼に、私の作った和服をいつか着てもらいたいと思っていた。まだ浴衣しか作ってあげられていないけれど、いつか着物も羽織も袴《はかま》も作りたい。そしてそれを着て将棋を指す龍己先生を見られたら——。

「真依さん？　真依さん？」

うっとりと夢を思い描いていた私は龍己先生に呼びかけられていることに気づかず、肩をポンと叩かれてようやく我に返った。

「あっ、はい！　ごめんなさい、なんでしょう」

驚いて見上げると龍己先生は目を丸くしてから、フフッと小さく笑った。

「いや、さっきから台所で何かカタカタいってるみたいだから」

「あ！　いけない、お鍋にお湯沸かしてたんだった！　お昼ご飯、お蕎麦《そば》にしようと思って……」

私は居間に来る前に火にかけておいた鍋のことを思い出して、慌てて台所へ駆け込んだ。沸騰《ふっとう》してカタカタ揺れているお鍋の蓋を取り、お湯の中に乾麺のお蕎麦を手早く入れていく。

「あとは大根おろして、ミョウガとねぎを切って……」

冷蔵庫を開け、食器棚を開け、調味料入れに手を伸ばす。この台所にももうすっかり馴染んだ。

二年前はすっからかんだった冷蔵庫も、今では新鮮な食材や作り置きのおかず、沸かして淹《い》れた麦茶なども揃って生活感に溢れている。

龍己先生は相変わらず将棋の研究に没頭してしまうと、寝食がすっぽり頭から抜けてしまう。そんなときは私から声をかけて食事を摂ってもらったり、休んでもらったりすることもあるけれど、大事な対局の前日などはそうはいかない。

龍己先生の棋風はオールラウンダーだ。彼は日夜棋譜を読み込み膨大《ぼうだい》なデータを頭にインプットしている。そして対局の前には対戦相手がどう戦うかとことん研究し尽くし挑む。

居飛車も振り飛車も、攻撃も守りも。対戦相手は戦法を華麗に封じられ、気がつけば追い詰められている。とても静かに、まるで波のない水面にすべて覆《おお》い消されるように。

そんなふうに戦う龍己先生の頭の中は、将棋でいっぱいだ。対局前日の集中力はすさまじく、将棋盤と向きあい続ける姿は外部の音などいっさい聞こえないように見える。迂闊《うかつ》に声をかけて邪魔をしてはいけないことくらい、私にだってわかる。

そういうときは部屋の入口におにぎりとお茶を置いておく。龍己先生のタイミングでいつでも食べられるように。そうして翌朝、空っぽのお皿が台所に置いてあると私はホッとするのだった。

彼が以前、食事を忘れて深夜になってしまうと言っていた意味が、この二年でよくわかった。そんな生活でよく今まで体を壊さなかったなと思うと同時に、少しは彼の健康に寄与《きよ》できてるかなと思うと、少しだけ嬉しくも感じた。


昼食に揃ってお蕎麦を食べたあと、私は奥の八畳間に座布団を四つ用意した。

今日は土曜日。私は仕事がお休みで、龍己先生も対局がない。

上位の棋士は年間、五十くらいの対局がある。タイトル戦を含む公式戦、そのための予選やトーナメント、順位戦など。それ以外にも解説の仕事や、普及活動としてイベントに出たり将棋教室で教えたりと、やることは多岐《たき》にわたる。

特に龍己先生はイケメン棋士として一般人気も高いため、雑誌のインタビューや番組出演のオファーなども多い。これもまた普及活動の一環なので、龍己先生はなるべく受けるようにしている。

それ以外のオフの日は将棋の勉強だ。ひとりで部屋に籠もり研究する日もあれば、仲間と集まって研究会を開くこともある。

将棋の世界は奥が深い。棋士の人たちが何十年かけたって絶対の戦法などなく、勉強しても研究しても尽きないのだという。

そして今日はまさに、研究会の日だ。

「ああ、どうもありがとう。あとは僕がやるから大丈夫だよ」

私の手から将棋盤を受け取り、龍己先生が八畳間へ運ぶ。台所へ行きお茶の用意をしていると、玄関からチャイムの音が鳴り「こんにちはー」と声が聞こえた。

やって来たのは龍己先生と同じプロ棋士の三人。亀梨さんは龍己先生と師を同じくする弟弟子。鶴見《つるみ》さんは龍己先生が奨励会にいた頃からの旧知のご友人。そして卯野《うの》さんは最近プロ入りしたばかりの若手で、龍己先生の弟子だそうだ。

研究会とは棋士同士が偶数人数で集まって対局する、練習試合のようなものだ。今日のように誰かの家でするときもあれば、公共施設のスペースなどを使うときもあるとか。

ちなみにこの四人の研究会は一番年上の龍己先生の名を冠《かん》して、『龍研』という。

「おじゃましまーす。あれ、この間とカーテン変わってる。座布団カバーも。夏らしくていいですね～、これも真依さんが作ったの？」

「こら、亀梨。人の家をジロジロ見るんじゃない。失礼だろう」

「おじゃまします、奥様。あのこれ、つまらないものですが手土産……」

女三人寄れば姦《かしま》しいと言うけれど、男の人だって三人も集まれば十分賑《にぎ》やかだと思う。

見た目が若々しい亀梨さんは、明るくて賑やかなムードメーカーだ。人当たりがよくて、私によく話しかけてくれる。鶴見さんはオールバックで黒縁《くろぶち》の眼鏡《めがね》をかけていて、真面目《まじめ》で厳しい性格がよく表れている。あまり笑わないので最初は怖い人かと思ったけど、さりげなく周囲を気遣《きづか》う優しい人だと段々わかってきた。一番年下の卯野さんはちょっと小柄でおとなしい。マッシュヘアや服装は年相応だけど、とても礼儀正しい人だ。

将棋界の中でも特に龍己先生と親しい三人は研究会だけでなく、時々食事などに行ったりもする。そういうとき先生は私も一緒に連れていってくれるので、今ではこの三人ともすっかり顔なじみだ。

「えーっと、亀梨さんがコーヒーで、鶴見さんが緑茶、卯野さんが麦茶。龍己先生がほうじ茶……っと。お茶菓子は昨日買ってきたどら焼きがいいかな」

この家で研究会をするときは奥の八畳間を使う。私がお茶を持っていくとみんな揃って『そんなことしなくていいよ』と言ってくれるけど、いつも手土産をいただいたり食事をご馳走になったりすることを思えば、私にはこれくらいしかお返しできることがない。

そうしてお茶を運んだあとはみんなの邪魔にならないよう、部屋を出ていくのだけど……。

「は〜やっぱ結婚っていいなあ。久我さんの家にお邪魔するたびそう思いますよ。真依さんが来るまでこの家の殺風景といったらもう！　それが今や季節の花が飾られ、手作りのカーテンが揺れ……あ、あの軒下で揺れてるの風鈴《ふうりん》ですか？　真依さんのチョイス？　風鈴もこの家で初めて見たなあ。来るたびにこの家、季節感とか情緒《じょうちょ》とか温かみが増して……」

「亀梨、うるさいぞ」

メンバーの中で一番姦しい亀梨さんがいつも私を捉《つか》まえ滔々《とうとう》と喋り出すので、すぐには退室しづらい。鶴見さんがひとこと叱咤《しった》するものの、効果はあまりない。

ただ、亀梨さんに悪気はなく、それどころか心の底から龍己先生のことを思ってくれているのがわかっているので、嫌な気持ちにはならない。

「俺はほんっとーに真依さんに感謝してるんですよ。昔の久我さんときたら不健康の極《きわ》みでしたからね。いつも食事と睡眠が不足して青白い顔してて。それなのに『儚《はかな》げなところが魅力的』とかマスコミに言われてて、貧血なだけだっつーの。そんな久我さんの今の血色《けっしょく》の良さといったら……！」

感極まったように目頭《めがしら》を押さえる亀梨さんに、今度は卯野さんから「亀梨先輩、うるさいです」とツッコミが入った。

私と暮らす前は相当不健康な生活をしていた龍己先生は、周囲の人に随分と心配をかけていたらしい。特に情に厚い亀梨さんは常に気を揉んでいたらしく、改善された龍己先生の今の生活をとても喜んでいた。

龍己先生には恩返ししきれないほどお世話になりっぱなしの私だけれど、こんなふうに言われると照れくさいほど嬉しくなってしまう。こんな私でも少しは龍己先生の役に立ててるのかなって、口角が勝手に上がっちゃいそうになる。

「真依さんの作るご飯は美味しくて栄養満点だからねぇ。毎日食事をするのがおっくうに感じないよ」

龍己先生が駒をパチリと指しながら言った言葉に、胸が高鳴って頬が熱くなった。

そのうえ亀梨さんが「久我さんは本当に真依さんと結婚してよかったですね！　こ

の幸せ者！」なんてからかうものだから、私は面映ゆさのあまりここにいられず「し、失礼します」と慌てて部屋から出ていった。

お盆を胸に抱きしめたまま台所へ駆け込んで、天井を見上げホゥっと息を吐く。片手で自分の頬に触れると、お風呂上がりみたいに熱かった。

少女のときに火を灯した恋心は今も健在だ。それどころか、胸のときめきは結婚してから日に日に激しくなっていっている。

龍己先生は素敵だ。結婚当初は彼の不摂生な一面に驚きもしたけれど、今となってはそれも愛おしい。他に非の打ちどころがない彼の唯一の欠点を、自分がカバーしてあげられることに喜びを覚える。

そして寝食を犠牲にしてまで将棋に打ち込む龍己先生の姿は、美しい。

研究に没頭しているときの龍己先生はとても静かだ。長い睫毛の影を宿し盤面を見つめる瞳はまるで違う世界に目を凝《こ》らしているようで、誰も立ち入れない雰囲気を醸《かも》し出している。私はそんな彼の横顔を、襖の隙間《すきま》からこっそり覗き見るのが好きだ。

龍己先生は集中すればするほど〝凪〟になる。穏やかで静かなその姿を見るたび、私は十三歳のときに見た彼の名人戦を思い出す。恋に落ちたあの初夏の夕暮れに、思いを馳せるのだ。

「……カッコいいなぁ……」

彼の静かな雄姿を想起してますます胸を高鳴らせてしまった私は、台所の隅にしゃがみ込んだ。

龍己先生は今年で四十二歳になる。世間一般で言えばおじさんの部類に入るだろう。けど私は、龍己先生よりカッコいい男の人を知らない。

スラリとした姿勢のいい高身長に、涼やかな印象の顔立ち。笑ったときにできる目尻の皺が、彼が豊かに積み重ねてきた四十二年の年月を窺わせる。

彼の美しさに見惚《みほ》れるたび、伊達に写真集まで出ていないな、なんて思う。偽装とはいえ私みたいな平々凡々な小娘が妻を名乗って隣に並ぶのが申し訳ないくらいだ。

けど素敵な容姿より何より、龍己先生の一番の魅力は人柄だと私は思っている。

穏やかで誠実で優しくて。少しお人好しでおっとりマイペース。子供だった私の話を、微笑んで聞いてくれていた頃と変わらない。

龍己先生は私の恩人だ。見返りを求めるでもなく救い出してくれた彼に、私は崇拝の念すら抱いている。

けれどそれ以上に、日々募る恋慕の気持ちが抑えきれない。

もっと私を見て。もっとそばにいて。私を〝保護した子〟ではなく、ひとりの女性として見て。そんな思いが湧き上がってきてしまう。

「……私ってば、駄目だなあ」

恋心はやっかいだ。その望みがどれほど浅はかで自分勝手か痛いほどわかっているのに、夢を見ずにはいられない。そばにいて優しくされると、夢が望みに変わっていってしまう。私はどんどん身の程知らずの欲張りになっていく。

「これ以上、好きになっちゃ駄目。好きになっちゃ駄目」

ギュッと目を瞑り、小声で呟く。

龍己先生は私を好きにならない。二十二歳も年下の私を〝保護すべき子〟としか見ていないと確信している。もし僅かにでも女性として見ていたら、彼は私をひとつ屋根の下になんて住まわせなかっただろう。この二年間、彼の誠実さに触れてきたからこそ言い切れる。

可能性の芽がないのは今も昔も同じだ。ならば、恋心を募らせてもつらいだけ。

そして私がすべきことは、一日でも早くこの家を出ていって龍己先生を解放してあげることだ。

今年から就職してようやく収入を得られるようになった。お給料は多くはないけれど、毎月コツコツと貯めている。

龍己先生は私に本当に結婚したい相手ができたら出ていってもいいと言ったけれど、多分私は先生以外の人に恋なんてしないと思う。だから、自分の力で自分を守れるように努めるのだ。

お金を貯めて沖縄《おきなわ》とか北海道《ほっかいどう》とかうんと遠い地へ逃げれば、家族もさすがに追ってこないと思う。なんなら海外でもいい。和裁の腕が活かせる国があればいいけど。

龍己先生のことを本当に想うのなら、報われない恋心を拗《こじ》らせるのではなく一日でも早く自立すべきなのだ。

「……よし！　頑張ろ！」

気を取り直して立ち上がった瞬間。

「よし！　俺も明日の順位戦頑張っちゃお！」

便乗《びんじょう》した声が聞こえて、私は驚いてその場で飛び跳ねてしまった。

「び……びっくりしたぁ！　亀梨さん、いつからそこにいらしたんですか！？」

振り返った先にいたのは、ニコニコと笑ってる亀梨さんだ。さっきから赤くなったりブツブツ呟いていたのを見られたかと思うと、嫌な汗が滲んでくる。

「今来たとこですよ。対局してるうちに鶴見さんがヒートアップしちゃってさ、血圧の薬飲むって言うからお水もらいに来ました」

「あ、お水ですね」

鶴見さんは高血圧なのだそうだ。特に対局中など集中力が増すと血圧が上がってしまうそうで、お薬を服用している。

とりあえず独り言は聞かれていなかったみたいで安心しながら棚からグラスを出していると、亀梨さんが「鶴見さんももっと体を気遣ってほしいよねえ」とぼやくように言った。

「鶴見さんお酒大好きなうえに独り者だからさあ、健康管理しきれてないんだよね。今の世の中、独身なんて珍しいことでもないけど、健康管理がうまくない人はやっぱ結婚したほうがいいと俺は思うんですよ。その点、久我さんは真依さんっていう良妻を得て本当に良かったなって」

話が再び私へのべた褒めに戻って、またも面映ゆくなった。

「褒めすぎです。……私なんか未熟で、申し訳ないぐらいなんです。龍己先生ならもっと素敵なお嫁さんもらえたはずなのに」

これ以上浮かれたり夢を見ないように、自戒《じかい》を込めてそう返した。

グラスに水を汲み、それを渡そうと振り返ると、亀梨さんの顔からはさっきまでのおどけた表情が消えていた。

「……もしかして、また何か言われました？　気にしちゃ駄目ですよ、外野の言うことなんか」

「え？　あ……」

一瞬なんのことかわからなかったが、彼の言う『また』が何を指しているのかすぐ察しがついた。

二年前、私と龍己先生が結婚して少し経った頃。一部のゴシップ紙やワイドショーに私たちの結婚が取り上げられた。

私たちは結婚式も挙げなかったし、龍己先生はごく一部の人にしか報告しなかったけれど、どうやら私の母が自慢したくて言いふらしたのを嗅《か》ぎつけたようだった。

そのときは結構やっかいだった。なんてったって人気イケメン棋士の極秘婚、しかも年の差二十二歳だ。ゴシップ好きがこれに食いつかないわけがない。

龍己先生が『妻は一般人なので取材は控えてください』とお願いしたにもかかわらず、私はしばらく隠し撮りするマスコミに悩まされた。おまけに母が勝手に私の写真をマスコミに提供したりするものだから、私の名前も顔も全国の知るところになってしまったのだ。

見ないようにしていたけれど、ネットでは随分好き勝手に言われていたらしい。どんな侮辱の言葉が飛び交っていたか、考えるだけで怖い。

龍己先生は新聞社の知り合いを通して、私を記事に取り上げないようマスコミに通達した。おかげでメディアに取り上げられることはなくなったけれど、ネットでは騒がしいのがしばらく続いていたみたいだった。

そのときの騒動を、亀梨さんや鶴見さんは知っている。私のことを随分心配してくれていたと、龍己先生が言っていた。

「あ！　違うんです！　誰からも何も言われてません。ただ、龍己先生は素敵な人だから……私じゃ不釣り合いだなって時々思っちゃうだけで」

誤解を与え余計な心配をかけてしまったことを申し訳なく思いながら訂正すれば、亀梨さんはホッとしたように笑って私から水の入ったグラスを受け取った。

「ならよかった。ていうか真依さんもっと自信持っていいと思いますよ。久我さん、真依さんのことすごく大切にしてるじゃないですか。不釣り合いどころか、傍《はた》から見ても愛されてるな～って感じるし」

「あい……えぇっ！？　あ、愛されてなんて……」

思いも寄らぬ言葉が亀梨さんの口から飛び出して、私はドキドキを通り越して心臓が止まりそうになる。

だってこれは偽装結婚なのだから、愛されてるなんてそんなはずはないのに。

「た、龍己先生は親切だから誰にでも優しくて……その、私だけってわけじゃ」

すっかり動揺してアワアワしながら反論するものの、亀梨さんは楽しそうに肩を竦《すく》めて笑うばかりだ。

「ひゃ～ピュアな反応だなあ。見てるほうが照れるよ」

おどけるようにそう言って、彼は水を持って八畳間へ戻っていった。ひとり残された私は再び頬を手で覆って、その場にしゃがみ込む。

愛なんてないことはわかりきっている。けど他人から見て愛と錯覚《さっかく》されるほど大切にされていることに、いけないいと思いつつも嬉しくなってしまう。

「すごく大切……だって」

これ以上好きになりたくないのに、些細なことで嬉しくてドキドキしてしまう自分の胸が、憎い。


日が暮れ研究会がお開きになったあと、みんなで近所のお寿司屋さん『はく沢《さわ》』へ晩ご飯を食べに行った。

『はく沢』は龍己先生と長年お付き合いのあるお店で、結婚してから私も何度も連れてきてもらっている。テレビで取り上げられることもある老舗《しにせ》の名店で、席数は三十にも満たないこぢんまりとしたお店だけど内装は明るく風格もある。大将も女将《おかみ》さんも気さくな人で、龍己先生が私と結婚したときもとても喜んでくれた。

というのも『はく沢』の大将たちも龍己先生が研究に夢中になると寝食を忘れることを知っていて、随分気を揉んでいたとのことだ。

なんでも龍己先生を心配してサービスで雑炊《ぞうすい》を届けに行ったり、閉店後でも、お腹を空かせた龍己先生がフラフラしているのを見てお店を開けたりしてくれたこともあったそうな。

そんなわけで、私は『はく沢』に来ると、亀梨さんにされたような称賛をここでも浴びることになる。

「久我棋士ったら、すっかり血色良くなって本当安心だわ。奥さんに感謝しなくちゃねえ」

明日対局のある亀梨さんがひと足先に帰ったと思ったら、今度は女将さんからのべた褒めだ。今日はもう顔が赤くなりすぎて、ずっと熟《う》れた林檎《りんご》みたいになっている気がする。

女将さんは五十絡《がら》みの気風《きっぷ》のいい女性だ。少々肉付きの良い顔はいつも明るくて、長い髪をお団子にまとめてテキパキ働く姿が見ていて気持ちがいい。いかにも職人気質《かたぎ》な大将とお似合いな夫婦だと思う。

あっけらかんとしていて世話焼きな彼女のことが私はとても好きだけど、お店に来るたびにやたら褒められることにはなかなか慣れない。

カウンター席で龍己先生の隣に座った私は、「恐縮です」と小さく言いながら茶碗蒸しを食べる。

龍己先生は女将さんに微笑んで頷いてから、「なんでも好きなもの注文していいからね。どんどん食べて」と私に告げた。それは龍己先生らしいいつもの優しさで……私は子供扱いされているのだと思っていたけれど、もしかしてこれが亀梨さんの言っていた『愛されてる』ということだろうかと考えると、また勝手に頬が熱くなってしまった。

旬の雲丹《うに》や穴子《あなご》に舌鼓《したつづみ》を打ったり、鶴見さんが「酒が欲しくなるなあ」とぼやくのを卯野さんが「駄目ですよ」と窘めたりと、美味しくて和《なご》やかな時間が過ぎた。そうしてお腹がいっぱいになった頃、女将さんが私にサービスでカットフルーツを出してくれた。

「わあ、白桃《はくとう》。今年初物です、嬉しい。ありがとうございます」

瑞々《みずみず》しい桃を前に思わず顔が綻ぶ。ところが。

「昔っから桃、柘榴《ざくろ》、蜜柑《みかん》は子宝に恵まれるってね。天才棋士二世の誕生が待ち遠しいわねえ」

女将さんの言葉に、あやうく桃を喉《のど》に詰まらせそうになった。

「お前、人様んちのことに余計な口を出すんじゃねえよ」

話を聞いていた大将が窘めたけれど、女将さんは「何よ、夫婦なんだから当たり前のことじゃない。ねーえ？」と私に向かって小首を傾げた。

「あは、は……ですね……」

私はぎこちない笑みを浮かべることしかできない。

女将さんが百パーセント善意で言っていることはわかる。けど、この話題は一番困ってしまう。

だって私たち夫婦は子供を作るような関係ではなく、ましてや……子供ができるような行為なんてしたことがないのだから。

私がほとほと困り果てていると、隣の龍己先生が口を開いた。

「女将さん。子供は授《さず》かりものだから」

その口調はとても柔らかくて、いっさい人に不快感を与えない。けれどだからこそ、踏み込んではいけない領域なのだと気づかされる。

女将さんは微かにハッとした表情を浮かべたけれどすぐに笑顔に戻り、「じゃあ久我棋士も桃食べて縁起担いでちょうだい」とフルーツの器を龍己先生の前に置くと、子供の話題をそれっきり引き上げた。


「なんだか今日は、真依さんを困らせてしまったね。僕の周りは親切な人が多いけど、少しだけおせっかいなところがあるんだ。気を悪くしないで」

その日の夜、お風呂から上がって居間でのんびりしていた私のところへやって来て、龍己先生はそう言った。

彼が言っているのはきっと、さっきの女将さんのことだろう。それとも亀梨さんのべた褒めに恥ずかしくなって逃げるように部屋から出ていったことを、気にしてくれているのだろうか。

どちらにしろ不快なことではないし、龍己先生が詫びることでもない。

「全然気を悪くなんかしてません。というか……私の方こそなんか、申し訳ないです。私は龍己先生に助けてもらっただけなのに、いい奥さんだの、その……子供だの……。そんなこと言われて先生の方こそ迷惑ですよね。ごめんなさい……」

心苦しさにシュンとして言えば、龍己先生は眉尻を下げて微笑み、私のそばに腰を下ろした。

「こんなことで迷惑と思うようなら、初めからきみを引き取ってないよ」

そう言って一瞬彼の右手が動き、けれどハッとしたように自分の腿の上に戻したのが見えた。

いつからだろう、龍己先生は私の頭を撫でなくなった。多分彼なりに子供扱いをすることを自重《じちょう》しているのだろうけれど、こんなとき私は少し残念に思う。子供扱いでもいい、彼の大きな手で頭を撫でられたい。

ひとりの女性として見てほしいと願う恋心と矛盾するけれど、あの温かな手の与える安心感は、大人になった今でも恋しいのだ。

「ねえ、真依さん」

「あ、はい」

撫でてもらいたいと思い耽《ふけ》っているところに呼びかけられて、私は焦って顔を上げた。

「来月、誕生日だろう。今年もどこかきみの好きなところへ行こう。考えておいて」

「……！　ありがとうございます」

嬉しさのあまり、顔がパッと綻ぶ。それを見て龍己先生も目を細めた。

七月は私の誕生日だ。去年は私のリクエストで鬼灯市に、一昨年は水族館へ連れていってもらった。好きなところへ連れていってくれただけではなく、夜はケーキも用意してくれて。

誕生日を祝ってもらうのが初めてだった私は、嬉しくて嬉しくて仕方なかった。もしかしたら人生で一番嬉しかった日かもしれない。

結婚してから私は誕生日が大好きになった。龍己先生がお祝いしてくれるから、自分が生まれてきたことを素直に喜べるようになった。

だから今年も彼がお祝いしてくれるということに、喜びで今から胸がドキドキしてしまう。

「どこがいいかな。迷っちゃう」

ソワソワする私に、龍己先生はプッと小さく噴き出して「まだ時間はあるから、ゆっくり悩むといいよ」と言ってくれた。

視界の端で、彼の右手がまた小さく動く。

そのときの私は、誕生日のことで気分が高揚していたのだと思う。「お祝いの前借り」なんて言葉が浮かんで、無謀《むぼう》な勇気が一瞬湧いた。

気がつくと私は龍己先生の手を取って、自分の頭に乗せていた。龍己先生は目を丸くして、わかりやすいほど驚いた顔をしている。

「て……手が、撫でてくれそうだったから……」

自分で言っていて、どんどん顔が熱くなるのがわかった。私、何言ってるんだろう。衝動的な行動はすぐに後悔に変わって、自責やら自省やら自己嫌悪やらでここから消えたくなってしまう。

咄嗟《とっさ》に「ごめんなさい」と手を頭から離そうとしたときだった。

「はは、よくわかったね」

陽だまりのような笑みを浮かべて、龍己先生はそのまま頭を撫でてくれた。

大きな手が優しく、私の髪の上を滑る。

「小さい子にするみたいで嫌かなと思ってたんだ」

「嫌じゃない……です。撫でられるの好き……」

胸がギュウギュウと締めつけられる。嬉しいのに恥ずかしくて、龍己先生の顔が見られない。

懐かしい感触のはずなのに、昔と違う感情が込み上げる。安心よりずっと大きなときめきと、切ない気持ち。

「龍己先生。私……大きな花火とか見にいきたいかも。それで……」

――手を繋いでほしいです。とは、さすがに口に出せなかった。いくらなんでもそれは欲張りすぎると、心の中の自分が戒《いまし》める。

龍己先生は「うん、いいよ」と答えると、静かに頭から手を離した。

長い指が離れていくとき、私の髪が名残惜しむように刹那絡まり、すぐに滑ってほどけた。

◆
◇

初夏の夕暮れは遅い。まもなく夜の七時になろうというのに、空はまだ薄紫色の明るさを保っていた。

「師匠、先週はどうもおじゃましました」

将棋会館からの帰り道、後ろから声をかけてきたのは卯野くんだった。走って僕を追いかけてきたのか息が弾んでいる。

「ああ、どういたしまして。卯野くんは今日は順位戦だっけ。どうだい、調子は」

「おかげさまで勝ちました。今のところ昇級射程圏内です」

「それは頼もしいね」

話しているうちに、彼の乱れていた呼吸が整った。短時間でケロリとして汗を拭《ぬぐ》う姿に、「若いなあ」などと心の中で独り言《ひとりごと》ちる。

「師匠は、今日は対局じゃないですよね？」

「今日は会長にちょっと用があってね。あと取材を少し」

「ああ、そうだったんですか。でも会えてちょうどよかった」

そう言うと卯野くんは、手に持っていた紙袋からガサガサと何かを取り出した。

「これ、よかったら奥様に。いつもお邪魔しているお礼に、お土産です」

彼が差し出してきたのは、有名なマスコットキャラクターがついた愛らしい缶入りのマカロンだった。どこかのテーマパークのお土産らしい。

「先日、若手仲間たちで行ってきたんです」と、卯野くんは子犬のように目をクリクリさせて笑った。

彼は確か二十一歳、真依さんとほぼ同い年だ。仲間もきっと皆それくらいなのだろう。

リボンとマスコットが描かれた淡い水色とピンクの缶を受け取り、マジマジと眺める。なんとなく新鮮な気分だ。

「奥様、あまりこういうの好きじゃありませんか？」

僕がジッと缶を見つめているから気になったのか、卯野くんが少し心配そうに尋ねた。

「いや、そんなことないよ。どうもありがとう。あまりうちにない彩だから珍しい気がして見てたんだ」

ふうん、と呟いた卯野くんはちょっとだけ考え込んだあと「確かに師匠のお宅はあんまりパステルカラーって感じじゃないですね。純和風的な」と納得したように言った。

「いつも季節感があって素敵だなと思ってたんですけど、インテリアとか奥様の好みなんですか？」

「そうだね。僕はその辺まったく無頓着だから、真依さんにお任せしてしまってる」

「奥様センスいいですねえ。大人っぽい。お人柄も僕と同い年と思えないくらいしっかりしてますもんね」

その言葉に僕は「うん」とも「違う」とも返さず、曖昧《あいまい》な笑みを返した。

二十歳前後の女性が一般的にどうなのかはわからないけど、真依さんは年齢より大人っぽいのだろうか。そう自問して、ふと自分の右手を見つめる。

『撫でられるの好き……』と耳まで赤くしておねだりした彼女の姿と、指に緩く絡んだ髪の感触を思い出す。子供——とは、もう断言できない。けど、大人とも言い切れない彼女は、あやうい境界線の上に立っていると感じた。

「うちに来たばかりのときはまだまだ小さなお嬢さんって感じだったんだけどね。僕が帰ると、可愛らしいパジャマ姿で出迎えてくれたりして」

たった二年前の日々がやけに懐かしく感じる。あの頃はまだ本当に子供で、僕は彼女を守ってあげることにひたすら夢中だった。

「へー。今は違うんですか？」

「今は……」

卯野くんの質問に答えようとして、自分の中の戸惑いに気づく。

和裁の学校に通うようになってしばらくしてから、真依さんは練習も兼ねてよく僕と自分の浴衣を縫うようになった。つい先日も、彼女は湯上りに寝間着《ねまき》代わりの浴衣を着ていて——。

「いや、うん。今も愛らしいお嬢さんだよ。もちろん中身はしっかり者だけど」

僕は言葉を濁すと、卯野くんと並んで歩いていた歩調を少し速めた。自分が今どんな表情をしているのかわからないので、顔を見られたくない。

――臙脂色の浴衣から覗く白いうなじ。触れたくなるその艶《なまめ》かしさは〝子供〟じゃない。そしてそれを口にして他の男性に伝えることに、ためらいを覚えた。

「亀梨さんが言うように、奥様は本当に良妻ですね。あ、僕はここで。失礼します」

大通り手前のバス停で卯野くんが足を止め、一礼する。それに手を振って、僕はひとり駅に向かって歩き出した。

「良妻、か」

口の中で呟き、手の中のパステルカラーを見つめる。

偽装結婚だというのに、真依さんは本当によくやってくれている。家事全般を進んで担ってくれて、おかげで僕は健康的な生活を手に入れただけでなく、家にいる時間に心地よささえ覚えるようになった。

僕の生活は基本、将棋に雁字搦《がんじがら》めだ。好きでやっているのだから苦ではないが、ふとそこから抜け出したときに温かな空間が用意されている安堵《あんど》は、言葉では表し難い。

……僕は少し怖い。この生活を手放すことを惜しくなってきている自分が。

帰宅したときに迎えてくれる嬉しそうな笑顔を、寝食を忘れて研究に没頭したあとに用意されているおにぎりの美味しさを、共に花を愛で感じる季節を、温かい食事を挟んで向かい合うお喋りの楽しさを、ただそこにいるだけで込み上げてくる愛しさを、いつまでもここに留めておきたいと思ってしまう。

「……青いな、僕も」

初夏の風に乗って鼻を掠《かす》める青草の香り。見上げた暮れかけの空には、細い爪型の月が浮かぶ。

こういう望みはあのときにすべて捨てたと思っていた。人の欲というのは単純ではないと自嘲《じちょう》せざるを得ない。

けれど何をどう足掻《あが》こうとも、そんな望みに意味はないのだ。

真依さんが生きる道は真依さんが選ぶ。彼女が発《た》つ日はいつか必ずやって来る。僕はただそれを見守り受け入れるだけ。それが最初から決まっていたふたりの約束だ。

パステルカラーの缶を鞄《かばん》にしまい、薄暗くなってきた空の下を歩く。

駅は家路《いえじ》を急ぐ人で賑わっていた。僕もそのひとりだ。今はまだ、帰りを待ってい てくれる人がいる家へと向かう。

駅のホームに並び、ふと右手を月にかざした。

いつかの夜に、指に柔らかく絡んだ髪の感触を思い出して、胸の奥が微かに焦れた。

秘密だよ

どこに行きたいと聞かれて花火大会を選んだのは、私の作った浴衣を着て一緒に綺麗な場所に行きたかったから。夏の綺麗な思い出が欲しかったから。

……それなのに。

「うわっ。すっごい混んでる」

花火大会の会場近くまでやって来た私は、想像以上に人で賑わっている様子に思わず声を出してしまった。

「お祭りも兼ねてるからね。やっぱり戻って家で見るかい？」

「いいえ！　これも花火大会の醍醐味《だいごみ》ですから。……多分」

この町では毎年夏に大きな花火大会が行われる。会場の公園はうちからそう遠くなく、去年と一昨年は縁側から遠目に花火を眺めた。

けれど今年はもっとロマンチックな気分が味わいたくて会場まで赴《おもむ》いたことを、私は心の中で少しだけ後悔した。

お祭り未体験の私は知らなかったのだ。現実は宣伝のポスターとは違って、ロマンチックどころか現場は芋洗い状態だということを。これなら家の縁側でふたりきりで見ていた方がずっと趣があった。

「僕もずっとこの町に住んでるけど、公園近くまで花火を見にきたのは初めてだなあ。こんなに賑やかだったなんて知らなかったよ」

行き交う人の波を見て、龍己先生が目を細める。その表情は困っているというよりはどこか楽しんでいるようで、私は内心ホッとした。

暮れかけている夕日に照らされ、龍己先生の綺麗な輪郭《りんかく》が金色にぼやけている。藍色に生成りの縞柄が入った浴衣姿は凛として夕暮れに映え、この人混みの中で彼の周りの空気だけが清涼に感じられた。

やっぱり龍己先生は和装が似合うとつくづく思う。綿紅梅《めんこうばい》素材と迷ったけど、近江《おうみ》ちぢみの綿麻生地にしてよかった。先生の雰囲気にはこちらの方が合っているし、私の浴衣ともバランスがいい。

私の浴衣は白地に紺と山吹色の椿柄が入ったものだ。帯の色は深緋《こきあけ》。小袋帯でリボン結びにしたので裏地の山吹色がチラ見えして可愛い。そこに花の形をした白い帯飾りをつけた。髪飾りもおそろいの白い花形だ。

私と彼の浴衣を眺めながら、我ながら良いセンスをしているなと、内心自分を褒めてあげた。

「じゃあ花火が上がるまで、露店《ろてん》でもブラブラ見て回ろうか」

すっかり見惚れていたところに声をかけられて、私は慌てて頷いた。ゆっくりと歩き出した龍己先生の隣に並んで歩く。

行き交う人にぶつからないように避けて歩いていたら、「もう少しこっちへおいで」と軽く肩を抱き寄せられた。さっきまでウンザリしていた人混みに、たちまち感謝したくなる。

公園内に建ち並ぶ露店は、食べ物や飲み物もあれば遊戯もあった。本で読んだり友達から話を聞いたりしてイメージしていた風景と同じだ。カラフルなのぼりには何が売っているかひと目でわかる大きな文字が書かれ、眩《まぶ》しすぎるほど明るい電球が下がっている。フルーツ飴やチョコバナナは色鮮やかで、まるで玩具《おもちゃ》みたいだった。

伝聞《でんぶん》ではわからなかったのは、発電機のうるささだ。ただでさえ賑やかな人混みに工事現場みたいな音が所々響いている。そこに近くのステージから音楽が流れているものだから、会場は洪水みたいに音が溢れクラクラしてしまう。

けれどそれすらも会場の熱気と混ざり合って、気分を高揚させる。

空はどんどん暗くなっていっているのに賑やかさは衰えるどころかますます盛り上

がり、私はお祭りの持つ独特の空気感にすっかり楽しくなっていた。

「何か食べたいものはある？」

龍己先生にそう訊《たず》ねられたけど、目移りしてしまってすぐに答えられない。綿あめやフルーツ飴が食べてみたいけれど、唐揚げや焼きそばなんてありふれたものまで美味しそうに見えてしまうので困る。キョロキョロと露店を見て迷った結果、私は「たこ焼きが食べてみたいです」と答えた。

龍己先生がたこ焼きの露店に並んでくれている間、私は近くの飲み物屋さんでラムネを二本買ってきた。大きな容器に氷水と一緒に入れられていたラムネはひんやりとしていて、すごく美味しそう。

露店の並びから少し離れた場所は人がまばらだったので、段差を見つけてふたりでそこに腰掛けた。

「じつは私、たこ焼きもラムネも初めて……」

はにかみながらそう言って龍己先生にラムネの瓶を一本手渡すと、彼は「じゃあ難易度が高いかもね」と笑って立ち上がった。どういうことだろうと思って見ていると、龍己先生はラムネのキャップシールを剥《は》がしたあと、ポンと音を立てて飲み口を叩いた。するとたちまち瓶からラムネが湧き上がってきて、それが溢れだす前に口をつける。

ラムネにはビー玉の栓が詰まっているという知識はあったけど、開封を目の当たり《まあ》にしたのは初めてだ。

「そんなふうに開けるんですね……！」

ワクワクしながら立ち上がり、龍己先生の真似をしてキャップシールを外す。

「すぐに溢れてくるから、浴衣を汚さないように気をつけて」

そう言われて私は念のためハンカチを片手の指に挟みながら、蓋を開けようとした。けれどガラス瓶をどれくらいの力加減で叩いていいのかわからず、どうしても躊躇《ためら》いがちな手つきになってしまう。

龍己先生はニコニコと見ていたけれど、うまくできない私がすっかり困り眉になってしまうと「貸してごらん」と言って、ポンと栓を開けた。

「ほら、溢れるよ。飲んで」

「わ、わ、わ」

差し出されたラムネの飲み口を、慌てて唇で覆う。少しだけ零れてしまったラムネは浴衣にはかからなかったけれど、龍己先生の長い指を濡らした。

「あ、ありがとうございます。ごめんなさい、先生の手を汚しちゃった」

ラムネを受け取りながら、持っていたハンカチで指を拭《ふ》く。龍己先生はふっと目を細めると「溢れる前に飲めるようになったら一人前だよ」とおどけるように言った。

それから私たちは並んでたこ焼きを食べた。初めてたこ焼きを食べた私は、中が熱々だということを知らずにひと口で頬張り、口の中を火傷《やけど》しそうになる。

「は……ッ、あふっ」

口から出すのも行儀《ぎょうぎ》が悪いので目を白黒させながら咀嚼《そしゃく》していると、「大丈夫かい」と龍己先生が心配そうにラムネを差し出してきた。それを受け取りたこ焼きごと喉へ流し込んで、ようやく落ち着く。

「びっくりしたぁ……でも美味しかった」

そう呟いた私に、龍己先生がプッと噴き出し、肩を揺らして笑う。

「たこ焼きは中が熱いって、教えてあげればよかったね。けど美味しいならよかった」

笑われてしまったのは少し恥ずかしかったけれど、それよりも彼が私の前で屈託なく顔を綻ばせることの方が嬉しかった。

今日の龍己先生はなんだか楽しそうだ。つられて私も笑顔が浮かぶ。

「龍己先生はお祭りの食べ物で何が好きですか？」

「うーん、綿あめかな」

「さっき売ってました。カラフルですごく大きいの。あれってひとりで食べきれる量なのかな」

「どうだろう。帰りに買って帰ろうか」

「はい！」

そんな会話を交わしているとパッと空が明るくなって、空気を揺らすような大きな音が響いた。

「うわぁ、大迫力！」

空には大輪の花。家の縁側からでも十分綺麗に見えたけど、間近で見る花火の迫力に私はすっかり夢中になった。

花火は次々に上がり、辺りを昼間のように照らす。白、赤、緑と様々な彩は、まさに空に咲く花だ。

「これは見事だねぇ。見られてよかった」

感嘆の呟きが聞こえて、私はふと隣を窺う。花火を見上げる龍己先生の横顔は、満足そうだった。

花火と、浴衣と、好きな人。それから、まだ手の中で冷たいラムネ。

ああ、今日来てよかったなあと、私は心から思う。夏の夜がこんなに素晴らしいものだなんて、三年前の私には想像もつかなかった。

誰のためでもない、自分のために生きている。それだけで人生はこんなにも楽しい。

「龍己先生」と呼びかけると、彼は「ん？」と優しい眼差しをこちらへ向けた。

「今日はどうもありがとうございます。私、今、生きててよかったなあって思ってます。あの日、傘を傾けてくれたのが龍己先生でよかった」

胸がいっぱいで、少し目が潤んでしまった。夜だから気づかれていないといいなと思いながら、それでも湧き上がる幸福に顔が勝手に綻ぶ。

「龍己先生、大好き」

その言葉は、小さな小さな声で告げた。花火の咲く音と公園の騒《ざわ》めきで、きっと彼の耳には届かない。

眩しすぎる花火の陰影《いんえい》に縁どられた龍己先生の顔が、柔らかく微笑む。近づいてきた右手が私の顔にかかっていた髪の筋を払い、そのまま頬を包んだ。

「誕生日おめでとう、真依さん」

低くて優しい声が、花火の音の中でもはっきり耳に届く。ラムネ瓶を持っていたからか彼の手は冷たくて、火照《ほて》った頬にひんやりと気持ちよかった。

数百発の花火は、あっという間に夏の空へと散っていった。

時間にすれば一時間ほどはあったはずなのに、一瞬の出来事だったように思うのは、私が夢見心地だったせいだろうか。

花火が終わると、会場の人たちは一斉に動き出す。私たちは人混みが収まるのを待ってから帰ることにした。

龍己先生は私の手から空になったラムネ瓶を抜きとって「今のうちお店に返してくるよ。すぐ戻るからここで待ってて」と言い残して飲み物を売っている露店へと向かっていった。

ひとりになった私は自分の頬を手で包み、ほぅっと息を吐く。

龍己先生が触れた頬が、いつまでも熱く感じる。花火大会が夜でよかった。きっと私の顔はずっと赤い。

あんなふうに龍己先生が私に触れるのは初めてだ。この間、撫でられるのが好きと言ったから、遠慮しないで触れてくれるようになったのだろうか。

子供扱いの延長かもしれないけど、距離が縮むのは嬉しい。

そんなふうに想いを馳せながら龍己先生を待っていたら、ふと、誰かが私の前で足を止めた。

「ねえ、こんなとこでひとりでどうしたの？　迷子？」

「俺たちカラオケ行くんだけど一緒に行かない？」

顔を上げるとまったく知らない男の人がふたり、私に話しかけてきた。お酒の臭いがする。酔っぱらっているみたいだ。

まともに相手にしてはいけないと思い、俯いて首を横に振る。それなのに彼らはしつこく、私につきまとうのをやめなかった。

「いいじゃん。ほら、行こ」

「そんなにビビらなくて平気だって、俺たち優しいから」

知らんぷりしたかったのに腕を掴まれて恐怖と不快感が込み上がった。男の人の優しくない手が、兄に振るわれていた暴力を思い出させる。

「やっ……！　やめて！　やめてください！」

身を竦めて逃げ出そうとしたときだった。私を捉まえていた男の人の手が、後ろから強く掴み上げられる。

「僕の妻にご用ですか？」

「……龍己先生……！」

安堵で、一気に体のこわばりが抜けた。

龍己先生はあくまで冷静な様子だった。けれどいつもの和やかな彼とは違い、静かな圧を感じる。

男の人たちは止められたことに驚き一瞬不快そうな顔をしたものの、「ちっ」と舌打ちして掴まれた手を振りほどく。そして「んだよ、男連れなら言えっつーの」と悪態をつきながら背を向けた。

「大丈夫だったかい。ごめんね、ひとりにしてしまって」

龍己先生はそう言って心配そうに私の腕をさすってくれた。それだけでさっきまでの恐怖も不快感も消え去り、温かい気持ちに上書きされていく。

けれどホッとして笑みを浮かべようとしたとき、立ち去っていく男たちの嘲笑《ちょうしょう》交じりの憎まれ口が聞こえた。

「てかあれ夫婦か？　おっさんじゃん」

「ロリコンきめえ」

その瞬間、私は怒りで頭が真っ白になった。

怖いとか危ないとかそういうものが一瞬で霧散《むさん》し、気がつくと去ろうとしていた男の肩を掴んで振り向かせていた。

「謝って。今の言葉取り消して、龍己先生に謝って」

いきなり私に食って掛かられた男たちはポカンとして、「はぁ？」と眉根を寄せる。

「何も知らないくせに他人を侮辱していいと思ってるの!? 謝ってよ！」

こんなふうに誰かに怒ったことも、ましてや男の人に立ち向かったのも初めてだ。手に汗がドッと滲み、頭が熱くなって耳がキーンとする。

「真依さん、やめるんだ」

咄嗟に龍己先生が私を止める。けれど一度溢れ出してしまった怒りを、どうやって抑えればいいのかわからない。私は彼の制止も聞かず、男を睨《にら》みつけて言った。

「謝って！　龍己先生はそんなんじゃない！」

悔しくて涙まで溢れてきた。私のせいで龍己先生が酷い侮辱を受けるのが許せない。先生はたくさんのことを犠牲にして私を助けてくれた。下心とか狡《ずる》いこととかこれっぽっちもなくて、私の命を助けてくれただけじゃなく夢まで叶えてくれて、生きててよかったって思えるくらい私を幸せにしてくれた。

こんなに立派な人を、私にとって大切な人を、何も知らない他人に侮辱されるのが許せない。

私の剣幕《けんまく》に引いたのか、それとも何事かと注目しだした周囲の目を気にしているのか、男たちは「なんだこいつ、やべー女」と捨て台詞《ぜりふ》を残して逃げていった。

追いかけようとしたけれど、龍己先生に後ろから抱き竦めるように止められてしまった。

「真依さん、落ち着いて」

「……っ。先生、私……」

ようやくそこで我に返った私は、自分の体がガクガクと震えていることに気づいた。詰めてしまっていた呼吸を吐き出すと、知らないうちに掻《か》いていた汗が輪郭を滑って落ちていった。

「ゆっくり深呼吸して」

言われるままに呼吸を繰り返しているうち、頭が冷静になってきた。龍己先生は腕を放すと私を向きあわせ、ハンカチを出して涙と汗を拭ってくれた。注目していた周囲の人も散っていき、辺りはさっきと同じ和やかな賑わいを取り戻す。

「……ごめんなさい。私のせいであんなこと言われて……」

涙を拭かれているそばから、また新たな涙が込み上げてくる。

悔しい。結局何もできなかった。ただ人前で怒りをぶちまけて好奇の目を集めてしまっただけだった。

自分の不甲斐なさやいたたまれなさで胸がいっぱいだったけれど、涙越しに見た龍己先生の口もとは浅く弧を描いていた。

「僕のために怒ってくれてありがとう。……強くなったね、真依さん」

思いも寄らなかった言葉に、私はキョトンとして目をしばたたかせる。すると龍己先生は最後に私のおでこの汗を拭いてから、ハンカチをしまって目を細めた。

「理不尽《りふじん》に対してきみが怒れるようになったことが、僕は嬉しいよ」

私は今まで誰かに怒りの感情をぶつけたことがなかった。どんな理不尽な目に遭っても怒る前にあきらめてしまっていたのは、言うまでもなく家庭環境のせいだ。

龍己先生の言葉で、私は自分が〝怒れる〟ようになっていたんだと気づく。

「そ……そうかも……」

驚いて呆然としながら返せば、龍己先生は「けど」と言って私のおでこを軽くつついた。

「酔っぱらいに物申すのは危ないから、もうしないこと。今度から腹が立ったなら僕に言いなさい、いいね」

「はい……」

それに関しては心の底から反省しているので、私は素直に頷いた。自分でも無謀だったなと思う。

シュンとした私に龍己先生は眉尻を下げて笑うと、「さあ、帰ろうか。まだ綿あめ売ってるかな」と歩き出した。

隣り合って歩き出した私は人混みに押されるように龍己先生の腕にしがみつく。なんとなく今夜だけは許されるような気がして、そのまま彼の腕に甘えるように掴まって歩いた。

龍己先生は振りほどくでもなく揶揄《からか》うでもなく、ただ時々こちらを見ては目を細めていた。


ああ、私やっぱり龍己先生が好き。いけないのに、これ以上迷惑かけられないのに、この恋心を手放せない。

想いは日々募るばかりで、一向に褪《あ》せる気配がない。それどころか誕生日の花火大会以来ますます加速して、私は龍己先生のそばにいると冷静になることさえ難しくなってきた。

彼の一挙一動《いっきょいちどう》に心が動く。向かい合って食事を摂れば箸を持つ綺麗な手や口もとに目が行ってしまうし、朝顔に水をやる姿を見るだけでうっとりと見惚れて時間を忘れてしまう。

タイトル戦や解説の仕事なんかで遠方に行き数日帰ってこないときは、寂しさともどかしさで胸が焦れた。そんな夜には彼の浴衣やシャツを抱きしめて眠ったことは、誰にも言えない秘密。

寝床で何度も夢想した。私たちが本当の夫婦だったら、と。

もし私が龍己先生の本当の妻だったら、キスをしてもらえるんだろうか。龍己先生のキス、恥ずかしくてうまく想像できないけど。

それから……やっぱり子供が欲しい。機能不全家族で育った私には育児なんてできないことはわかっているから、あくまで思い描くだけだけど。

男の子でも女の子でも、龍己先生ならきっとうんと可愛がってくれるだろうなと思う。一緒に動物園とか行ったら楽しいに違いない。子供が少し大きくなったら、龍己先生はきっと将棋を教えてくれる。私は子供と一緒にテレビや配信を見ながら、彼の棋戦を応援するんだ。

思い描く夢はどれも彩に溢れていて温かい。けれどそれはすぐそばにありそうで、手を伸ばせば儚く消える幻。叶わないことはわかってる。望んではいけないことも。

ずにいた。

九月。花火大会から二ヶ月が経ったというのに、私の胸のときめきは一向に収まらずにいた。

「ふぅ……」

反物の裁断作業がひと区切りついた私は、大きく息を吐き出して鋏《はさみ》を置く。

和裁の仕事は基本、ほとんどが手作業だ。一枚の反物から身頃や襟、袖をどうとるか緻密《ちみつ》に計画し、慎重に裁断していく。間違いがないよう集中力のいる仕事。

けれど作業から解放された途端、私は余計なことを考えてしまう。

この反物、素敵だな。こういう暖色系も龍己先生に似合いそう。そんなことが無意識に頭の中によぎってしまい、ハッとして気を引き締めた。ところが。

「西陣御召《にしじんおめし》の反物いいよね～、品があって。真依ちゃんどうせ『旦那さんに着せたいな～』なんて思ってるんでしょ」

隣の席の鴻上《こうがみ》さんに心の中をズバリ言い当てられてしまい、思わずたじろいだ。

約三十人が勤めるこの和裁所では、ひとつの和室に九人ほどが作業台を並べて仕事をしている。隣の席の鴻上さんは私より六つ年上の朗らかな女性で、職場では一番仲がいい。仕事帰りにお茶を飲みに行ったりすることもある。目鼻立ちのはっきりとしたショートカットの美人で、素敵だなと密かに憧れている。

彼女は私が既婚者で、しかも夫がプロ棋士の久我龍己だと知っている。二年前の結婚報道を見て私の顔を覚えていたのだ。

彼女は私の恋バナに興味津々《きょうみしんしん》だ。既婚者とは思えないほど初々しくて、聞いていて楽しいのだと言う。私と龍己先生は本当の夫婦ではないので、的を射ているなと思った。鴻上さんは鋭い。

「べ、別にそんなこと思ってないです。それより、鴻上さんも自分の作業に集中したほうがいいですよ。納品今日なんでしょう？」

「もう終わったもん。それよりさ、仕事終わったら駅前でお茶していかない？　私まだ新メニュー飲んでないんだ」

誘われて、少し考える。今日は龍己先生は対局だ。早く終わる可能性もあるけど、相手はA級八段、後半の粘り腰に定評のあるベテラン棋士だ。多分夜遅くまでかかるだろう。寄り道をして帰っても、晩ご飯の支度には十分間に合うに違いない。

「わかりました、帰りに行きましょう」

答えながら、私も将棋界に少しは詳しくなったな、なんて思う。まあ広いようで狭い世界だから、二年もあれば大体龍己先生とあたる棋士の人は覚えちゃうんだけど。

「やった。楽しみ」と笑って、鴻上さんは自分の作業へと戻っていった。私も気持ちを切り替えて再び鋏を握ると、目の前の反物に集中した。

駅前の人気コーヒー店はいつも混んでいて、私たちは窓際のカウンター席に隣り合って座った。

「スイートポテトフローズンドリンク美味っしい～」

「ほんと、シナモンが効《き》いてて美味しい。私これ好きです」

ふたり揃ってさっそく新メニューのフローズンドリンクを味わう。優しい甘さに舌鼓を打ちながら、龍己先生にも飲ませてあげたいなあと思った。龍己先生はチョコレートは苦手だけど、クリームは大丈夫なはず。あ、でもシナモンはどうだろう。

そんなことを考えていると「ねえねえ」と鴻上さんに話しかけられた。

「こないだニュースで見たよ。久我棋士、竜王戦《りゅうおうせん》の挑戦者になったんでしょ。おめでとう」

「あ、ありがとうございます」

そう言って私たちは飲みかけのフローズンドリンクで小さく乾杯をした。

竜王戦は名人戦と並ぶ大きなタイトル戦だ。一年をかけてトーナメント戦を勝ち上がった棋士が、竜王への挑戦権を獲得できる。今年は龍己先生が初めて挑戦者の席を勝ち取った。

龍己先生は名人位は三期獲っているまごうことなき実力者なのに、今までは竜王戦には何故か縁がなかった。それが今年初めてそのタイトルに手をかけたのだから、将棋界のみならず一般層でもそのニュースは話題になっていた。

「で、どうなの？　竜王いけそう？」

小首を傾げて尋ねてきた鴻上さんに、私は苦笑いを零す。龍己先生だって強いけれど現竜王だって間違いなく強い。素人の私が軽々しく勝敗を予想できるはずがない。

「わからないです。ただ龍己先生はいつもすごく努力してるし、それが結果に繋がってほしいとは思います。私は……龍己先生に勝ってほしい」

それだけが私の言える正直な想いだ。

すると鴻上さんはニィッと口角を持ち上げ「んっふっふ～」と不気味な笑い声を漏らした。

「真依ちゃん可愛い～。いじらしいっていうか健気《けなげ》っていうか、なんかもう見てるこっちがキュンとしちゃうよね。旦那さんも二十歳も離れた年下妻にこんなふうに応援されたら俄然《がぜん》やる気出ちゃうだろうなあ」

「こっ、鴻上さん！」

私は顔を真っ赤にしてフローズンドリンクのカップを握りしめる。これだから鴻上さんに龍己先生の話をするのは嫌なのだ、すぐからかってくるんだもん。

怒ってプイと顔を背《そむ》けた私の肩を、鴻上さんが指でつっついてくる。

「別に怒ることじゃないでしょ、だって本当に可愛いんだもん。旦那さんも絶対可愛いと思ってるって」

「可愛くないです。ちっとも」

「謙遜《けんそん》も過ぎると嫌味だよ～。もっと素直に受け取りなって」

……そんなことを言われても困ってしまう。私は本当に自分に自信がないのだから。

あんな家庭で育った弊害《へいがい》か、私は自己肯定感が低いみたいだ。龍己先生や亀梨さんたちはよく褒めてくれるし、それを嬉しく思うけれど。でも心のどこかで〝彼らは優しいから〟って卑下してしまう自分がいる。時間が経つと「気を遣《つか》ってくれてるんじゃないか」「お世辞《せじ》なんじゃないか」って考えてしまう。

ましてや容姿とか女性の魅力とかなんて、全然自信が持てない。結婚するまで私はおしゃれもできなかったし、容姿を褒められたことなんて一度もなかった。今は人並みにお化粧してファッションにも気を遣っているつもりだけど、自分が客観的に見て魅力があるかどうかなんてちっともわからない。

「……謙遜じゃなくて、本当に自信がなくて。それに龍己先生はそんなふうに私を見てないと思う」

そもそも私たちの間に恋愛感情などないのだから、龍己先生が私を可愛いと思うはずがない。でもこれは言えないことなので、それ以上は口を噤む。

すると鴻上さんは「えーっ？」と実に怪訝《けげん》そうな声をあげた。

「いや、真依ちゃんフツーに可愛いよ？　睫毛濃いし色白だし、儚げで守ってあげたい系っていうか。てかなんで旦那さんがそう思わないわけ？　恋愛結婚だよね、可愛いって言われたことないの？」

「それは……」

龍己先生が言うわけがない。むしろ本当の妻でもない私にそんなことを言っていたら変だ。

言葉を詰まらせてしまった私に、鴻上さんは眉を八の字にしたままふーっと大きく息を吐き出した。

「久我棋士、落ち着いてる感じだもんね。そういうこと軽々しく口にしたくないのかもね。でも可愛いと思ってなきゃフツー結婚しないと思うよ。大事にはされてるんでしょ？」

「大事にはされてます。それもすごく」

その質問には自信を持って返す。龍己先生は過剰なほど私を大事に扱ってくれているのだから。

「ならよかった。じゃあやっぱり口に出さないだけなんだよ。内心可愛くてたまらないって思ってるって。こんなピュアな幼妻が健げに旦那さん好き好きオーラ出してるんだから」

「好き好きオーラってなんですか⁉」

とんでもない言われ方をして、私の顔がまた赤く染まった。鴻上さんは可笑しそうにケラケラと笑っている。

……私ってもしかして、わかりやすいほど龍己先生への気持ちが態度に出てる？ なんだか汗まで滲んできた。

「まあ自信持ちなよ。久我棋士も可愛い奥さんが応援してくれるなら、きっと竜王戦勝てるって」

話が再び竜王戦に戻って来て、私は少しホッとした。これ以上可愛い云々《うんぬん》の話をするのは御免なのでどうにか逸らしたい。

「応援……っていっても、私じゃ何もしてあげられないのが心苦しくて。もっと龍己先生の力になりたいっていつも思うんだけど、難しいです」

素直に悩みを打ち明けた私に、鴻上さんは「真面目だねぇ」と苦笑いを浮かべた。

「将棋に限らずプロ選手の旦那さんを持つ奥さんができるサポートといえば、健康管理じゃない？　よく栄養バランス満点の食事とかSNSに上げてる奥さんいるよね」

「食事は、普段から一応気を遣ってるつもりです。龍己先生の顔色が前より良くなったって知り合いの方が言ってたから、多分大丈夫なはず……」

「ならもう十分だと思うけど。うーん、難しいよね。スポーツと違って現地に行って声援を送るものでもないし」

そうなのだ。タイトル戦に公開観戦はないので、テレビやネット中継で見守るしかない。あの張り詰めた雰囲気の頭脳戦のさなかにエールを送りたいとは思わないけれど、画面越しに祈ることしかできない自分をもどかしくも思う。

「神社に願掛けに行くとか、お守りを作るとか――あっ」

突然、鴻上さんが何か思い浮かんだように手をポンと打った。

「和服！　作ってあげればいいじゃない！　確かタイトル戦って和装なんだよね？　本職にしかできない最高の応援じゃん！」

その言葉を聞いてドキリとした。

私が和裁縫士を目指したのはタイトル戦で龍己先生の和服姿を見たからだ。

今は龍己先生に浴衣や紬《つむぎ》の着流しなど普段着や寝間着を作っているけど、いつかは羽織袴の正装を作って贈りたいと思っている。そしてそれを纏いタイトル戦に挑む龍己先生を見ることができたなら……。

想像するだけで胸がいっぱいになる。まだ誰にも話したことがない私の夢だ。

「竜王戦で、私の作った着物を……？」

〝いつかは〟と漠然と考えていたけど、確かに今回はチャンスかもしれない。竜王戦はタイトル戦の中でも名人戦に並ぶ大きな棋戦。しかも龍己先生は初の竜王タイトル獲得がかかっている。

夢がいきなり現実味を帯びてきて胸がドキドキしてきた。なんだか顔も熱い。

「で、でも。龍己先生も呉服屋さんとか後援会とかとのお付き合いもあるだろうし」

「何言ってるの、和裁縫士の奥さんが作ってくれた着物が一番に決まってるじゃん！お得意さんだってきっとそれくらいわかってくれるよ」

腕には自信がある。二年間専門の勉強をしてきて、今はプロとしてお客様にお金をいただいているのだから当然だ。恥じるものを作るつもりはない。

けど〝私なんかが〟と怯《ひる》んでしまう気持ちもある。応援のつもりが却って気を遣わせたり、龍己先生の顔に泥を塗ることになったらどうしよう、と。

高揚と戸惑いでオロオロとしていると、鴻上さんが笑いながら肩を叩いてきた。

「こんな特別な応援、奥さんの真依ちゃんにしかできないことだよ。反対する人なんていないって。まずは旦那さんに聞いてみたら？　『私の着物を着て竜王になってくれますか？』って」

鴻上さんのその言葉は、今日一番私を興奮させた。特別な応援、私の着物を着て竜王になる龍己先生。ああ、想像しただけで感動で眩暈《めまい》がしそう。

「き……聞いてみます！」

頬を紅潮させて言う私に、鴻上さんは親指を立てて「よし！　頑張れ！」と口角を上げて笑った。

その日の夜。

晩ご飯を作り終えた私はソワソワしながら龍己先生を待った。

今日の対局は公式戦の予選なので中継はないけど、さっきネットに結果がアップされた。夜十一時過ぎまでかかった長期戦の末、龍己先生は勝利を収めたようだ。よかった。

彼は勝敗の結果で極端にはしゃいだり落ち込んだりすることはないけれど、大事な話をするときはやっぱり勝ったあとの方がいい。私は勝利を喜ぶと共にホッと胸を撫で下ろす。

そうして零時半を回った頃、静かに玄関の戸を開ける音が聞こえた。

「おかえりなさい、お疲れ様です」

玄関に出迎えると、龍己先生は「おや、起きてたの」と少し驚いたあと「ただいま」と目を細めた。

「今日勝ったんですよね。おめでとうございます」

「ありがとう。対局が終わったのが十一時で、そこからさらに感想戦粘られちゃってね。終電間に合わないからって切り上げてきちゃったんだ」

そんな話をしながら龍己先生は脱衣所へと向かった。私は彼がお風呂に入っている間に晩ご飯を温め直す。

お風呂から上がった龍己先生は座卓の前に腰を下ろすと、並んだおかずを見て「今日も美味しそうだね」と目を細めた。

龍己先生の食事の所作は綺麗だ。静かに箸を運び、お皿をあまり汚さない。掻き込むようなことはせず、丁寧に味わって食べてくれているのが伝わる。穏やかに楽しむその姿は、なんとなく彼の将棋のスタイルと似ているかもしれない。

私は龍己先生のそんな食事姿が好きで、お茶を淹れながらそっと覗き見ていた。

「食べ終わったお皿は僕が洗うから、真依さんはもう寝るといいよ。明日も仕事だろう？」

時計の針が深夜の一時半を回ったのを見て、龍己先生が言う。けれど私はお膳を挟んだ彼の向かい側に改まって座った。

「あの……お、お話っていうか。お願いがありまして……」

龍己先生は食事の手を止め、一瞬キョトンとした。私がこんなことを言い出すのは珍しいと思っているのだろう。

実際、今まで私の方から何かをお願いすることなんてなかった。専門学校へ通うときも、お誕生日のお出掛けも、言い出したのは龍己先生からだった。

「なんでしょう？」

私につられたのか、先生まで改まった様子で背筋を伸ばし手に持っていた箸を置く。

期待と不安を混ぜた緊張で胸をドキドキさせながら、私はまっすぐに視線を上げた。

「き……着物を縫ってもいいですか？　龍己先生の着物を縫いたいんです。羽織と着物と袴と一式。それで……もしよければ竜王戦で……着てもらえたらなあ……って」

刹那、居間は静寂に包まれた。龍己先生は驚いたように瞬きを繰り返し、私は汗の滲んできた手を握りしめながら言葉をつけ足した。

「わ、私、じつは中学生のときに龍己先生がタイトル戦で和服着てたのを見てカッコいいなって感激して……それで和裁縫士になりたかったんです。だからいつか龍己先生の着物一式作るのが夢で……。あっ、でも無理だったらいいんです！　先生も呉服屋さんとかとのお付き合いがあると思うし。ただ、あの……応援代わりになったらいいな、なんて思ったりしたから……」

緊張のあまり声がどんどん小さくなっていく。せっかく勇気を出したのに、やっぱり迷惑だったかもなんてすぐ後悔してしまう私はネガティブなのだろうか。

すると、目の前の龍己先生の表情が変わった。微かに頬を染め眦《まなじり》を下げるその表情を、私は初めて見た。

「どうもありがとう。嬉しいよ」

龍己先生ははにかんだように笑い、さらにみるみる顔を赤くしていった。そしてそれを隠すように片手で顔を押さえると、恥ずかしそうに私から顔を背けた。

「……少しびっくりしてしまって。そうか、そんな応援の仕方もあるんだな。真依さんにしかできない応援だ。……うん、とても嬉しい」

快諾《かいだく》を得て私は喜びでいっぱいなのに、笑顔になることも「やったー」なんて言うこともできないでいた。だって、こんな龍己先生の反応は予想外すぎて。

「こっ、こちらこそありがとうございます！　ひと針ひと針、勝利を祈願して縫います！　絶対にいいものに仕上げます！」

動揺のあまり無駄に声が大きくなってしまった。きっと私の顔も真っ赤だ。

「うん、期待してるよ。よろしくね」

「あ、あの、でも。呉服屋さんとか後援会の方とか大丈夫ですか？」

「そっちは僕が話をするよ。着物を着る機会は他にもいくらでもあるしね。そうだ、今度の休みに一緒に反物を見にいこうか」

「はい、是非！」

元気よくそう答えると、龍己先生が小さく笑った。つられて私もようやく笑顔になる。

嬉しい、すごく嬉しい。承諾してもらえただけでなく、こんなに喜んでもらえた。

この夜、私は気分が昂《たかぶ》りすぎて全然眠れなくて。けれど大きな幸せにギュッと体を包まれているみたいで、人生で一番ワクワクする夜を過ごした。

竜王戦は七番勝負。先に四勝した方に軍配が上がる。

十月の上旬に第一局が始まり、ストレートで勝負がついた場合は十一月の第四局が、最後までもつれ込んだ場合は十二月の第七局が最終戦になる。対局場はホテルや旅館、寺院に天守閣など、日本全国北から南まで様々だ。対局日の前日には盛大な前夜祭や記念対局などのイベントが開かれたりもする。

龍己先生と反物を買いに行った日から、私はさっそく着物の制作に取り掛かった。仕事以外の時間を可能な限り費やしたとしても、私の腕だと一ヶ月以上はかかるだろう。第一局には間に合わないけど、十一月上旬予定の第四局には確実に間に合う。龍己先生と相談して、第四局から着用してもらうことにした。

羽織は生成り色、着物は白地に裏葉色《うらはいろ》の縦縞地紋、袴は翠色《すいしょく》に決めた。

裏葉色はくすんだ青みがかった薄緑色で、細かな縦縞模様が入った着物は遠目には淡い銀色に見える。龍己先生の柔和かつ凛然とした雰囲気に合わせ、上半身は白系統でまとめた。袴は爽やかながら落ち着いた翠色で、白系との相性もいい。そこに黄土色の羽織紐を用いてアクセントにした。

きっと龍己先生にとてもよく似合うと思う。これを着た彼を想像するだけで思わずうっとりとした。

私は毎日帰宅すると、夢中で着物を縫った。もともと仕事にするぐらい好きなことだけど、憧れと夢の詰まったこの一着の制作は楽しくてたまらなかった。

私がせっせと着物制作に励む一方、竜王戦七番勝負の幕が上がり龍己先生は二連勝という快挙を見せた。

そして十月下旬。九州《きゅうしゅう》のホテルで行われた第三局を、私は家のネット中継で固唾を呑んで見守っていた。結果は、一六二手で竜王側の投了《とうりょう》。三連勝を果たしついに竜王位に王手をかけた龍己先生の姿に、私は家でひとり「きゃー!」と黄色い声をあげた。

相変わらず対局のときの龍己先生はカッコいい。それが大勝負のタイトル戦ともなればなおさらだ。しかも今回は悲願の竜王位がかかっているせいか、龍己先生の気迫も一段とすごい気がする。

画面の向こうの龍己先生は盤上の勝負に生きる戦士のように凛々《りり》しくて、まるで別世界の住人みたいだ。三日前、家を発つときに『行ってきます。戸締まりに気をつけるんだよ』と柔らかに微笑んで頭を撫でてくれた先生とは別人に見える。

けど、盤上の凪の戦士も、人の好《よ》い笑みを浮かべる先生も、どちらも私の大好きな龍己先生だ。ときめいて胸が痛くなる。

「龍己先生……好き。大好き」

画面の向こうで記者のインタビューに答える先生を眺めながら、ひとり呟く。

想いは加速していく。こんなのもう自分じゃ止められない。

彼を好きになればなるほどこの結婚が本物じゃないことが悲しくなるけど、こうして嘘でも妻としてひとつ屋根の下で暮らせることを感謝しなくちゃいけないと思う。

中継が終わると私は気合を入れて立ち上がり、着物制作の仕上げを始めた。

届かなくていい、知られなくていい。でも、私の想いはありったけこの着物に籠める。それが唯一私にできる愛し方だ。

二日後、龍己先生が九州から帰ってきた。

龍己先生はたくさんお土産を買って来てくれて、その日の夜は私の作ったご馳走で一緒にお祝いした。

第四局まであと一週間となった週末の昼下がり。

ついに龍己先生に来てもらう羽織袴一式が完成した。

我ながら良い出来栄《できば》えに惚れ惚れとため息をつき、さっそく試着してもらおうと居間へ向かった。今日は彼も在宅なので、居間で棋譜を読んでいるか庭でも眺めているはずだ。

「龍己先生、……あれ」

居間の襖を開けた私は声を潜めた。珍しい、先生がうたた寝している。

将棋の研究中に棋盤に突っ伏して寝落ちしている姿はよく見るけど、縁側に座って板戸に凭《もた》れ舟を漕いでいるのは初めてだ。

起こさないよう足音を忍ばせて近づくと、庭の南天の陰に三毛猫がいるのが見えた。この子はご近所さんの猫でうちの庭によく遊びに来るミケちゃん。私には初対面のときから擦り寄ってくるくらい懐っこいのに、どういうわけか龍己先生にちっとも懐かない。彼曰く、何故か昔から猫に好かれないのだそうな。……いかにも動物に懐かれそうなタイプなのに。

先生のかたわらには猫じゃらしの草が一本落ちている。庭に入り込んできたミケちゃんをおびき寄せようと奮闘していたのかと思ったら、可笑しくてクスクスと笑ってしまった。

私は抱えていた着物を畳の上に置くと、龍己先生の隣に腰を下ろした。思ったより深く眠っていたようで、先生はちっとも起きる気配を見せない。

それをいいことに私は龍己先生の寝顔をじっくりと眺める。伏せられた長い睫毛、綺麗な鼻筋と薄い唇、首筋のほくろ、白く滑らかな肌。

初めて間近で見る彼の無防備な姿はやけに扇情的《せんじょうてき》で、胸がドキドキと高鳴っていく。いつもの甘酸っぱくて切ないときめきとは違う、体の奥が熱く疼くような高揚。

こんなことといけない。わかってる。……ああ、でも。神様、許して。

私はこの先の人生で龍己先生以外の男の人を好きにならない。最初で最後の恋。そしてきっとこれが、人生最初で最後の――。

薄く開かれたまま寝息を零す唇に、横からそっと自分の唇を押しつけた。その瞬間、泣きたくなるほどの愛しさと切なさが込み上げてくる。

私は静かに先生の体から離れると、木陰からジッとこちらを見ていたミケちゃんに向かって人差し指を口の前に立てた。

「秘密だよ」

そして居間に戻ると龍己先生が起きるまで、秋空の赤とんぼを眺め続けた。

竜王の求婚

――十六歳のとき、自分の人生は順風満帆《じゅんぷうまんぱん》だと思っていた。

プロ棋士になるための養成所である奨励会に入ったのは十一歳のとき。順調に昇級を重ねた僕は十六歳で三段に昇段した。

ここで年に二回行われるリーグ戦の上位二位に入れば、いよいよプロ入りだ。年に四人しかプロになれない狭き門ではあるが、この頃の僕は波に乗って連戦連勝を重ねていて、その狭き門ですらこじ開けられる勢いがあると思っていた。

決して若さゆえの過信とか驕りとかではなく、この頃の僕は将棋が好きで好きでたまらず四六時中頭の中に棋盤があるような状態だった。若いからこその知識の吸収力、柔軟な指し手、尋常ではない集中力。運も味方していたのだと思う。

実際、周囲からの期待も高かった。このままストレートでプロ入りするのではないかと囁かれ、新聞社からは次世代の天才棋士として取材されるほどだった。

そんなときだった。彼女と出会ったのは。

米津《よねつ》リサ。とある大衆雑誌の将棋コーナーを担当していた彼女が、注目の若手である僕のところへ取材にやって来たのが出会いだった。

リサさんはかつては女流棋士を目指し、奨励会の下部組織でもある研修会に所属していたこともあった。そのせいで将棋界にも詳しく、棋士の間でも顔が広かったらしい。

……らしいというのは、当時僕がその辺りの事情に詳しくなかったからだ。

彼女は客観的に見て非常に美しい女性だった。流行のロングヘアと化粧映えする自信に満ち溢れた表情、色気と知性が同居したような大人の魅力……とでもいうのだろうか。

そういう意味で研修会にいた頃から有名で、よくも悪くも色々な噂があったと先輩棋士に聞いた。

僕と初めて出会ったとき、リサさんは二十八歳だった。

ひと回りも年上の彼女は十六歳の僕からはとても大人びて見えて、将棋に精通していて聞き上手《じょうず》な彼女の取材は僕をすっかりいい気分にさせた。

……そこで終わっておけばよかったのに、と思うのは過ぎたから言える言葉だ。

彼女の社交辞令は純情な少年をのぼせ上がらせ、あっという間に恋に落とした。将棋しか目に入っていなかった僕の世界に、突然女神が降臨《こうりん》してしまったのだ。

初恋なんて遅かれ早かれ誰にでも訪れる。悪いことではない。ならば何がいけなかったのかというと、その頃の僕のキャパシティでは恋と将棋という大きなものをふたつ抱えきれなかったこと。

それから……彼女が大人として誠実ではなかったことだ。

他人が言うには、僕は見目が良い方らしい。リサさんはそんな僕を気に入り、少年の純情をたくさん弄《もてあそ》んだ。

将棋以外のことを何も知らなかった僕は、恋の手練《てだ》れである彼女の手のひらの上でいいように転がされ、やがて彼女のことしか眼中になくなっていった。

期待されていたプロ入りは三段リーグ突破ならず、それどころか勝率五割を下回る有様だ。

恋にうつつを抜かした僕の体《てい》たらくに誰もが眉を顰《ひそ》め、哀れみや同情の目を向けた。師匠にも兄弟子にも叱責された。それでもすっかりのぼせ上がっていた僕は何が大切なのかなど考えられず、浅はかにもリサさんとの将来まで考え出す始末である。

そんな僕の目を一瞬で覚まさせたのは、彼女の結婚だった。

もちろん相手は僕ではない。同じ会社の同僚だという。

単純なことだ。リサさんはもともと二股をかけていた。僕にとっては人生を壊しかけてまでしがみついていた恋でも、彼女には暇つぶしの戯《たわむ》れでしかなかったのだ。

ショックなんてものではなかった。十数年間夢中だった将棋と同等の、いや、それ以上に嵌《は》まり込んだ恋だったのだから。目の前が真っ暗になって、僕の頭は何も考えられなくなってしまった。

地獄のような日々だったと思う。うぶだった心に強烈すぎる失恋は大きな傷になり、心身に支障をきたした。生気を失い、将棋の研究をしても何も頭に入ってこない、棋盤を前にしても何も考えられない。

十七歳、三段二年目の僕はこの年、勝率二割五分を二回下回り二段へと降段した。

それから周囲の人たちの励ましを受けて猛省《もうせい》し、ようやく自分を立て直せたのは一年後だった。

十九歳で再び三段に昇段し、翌年に二十歳で三段リーグ優勝。

十六歳でプロ入りと期待されてから四年。若げの至りというにはあまりに大きな代償を払い、僕はようやくプロの棋士になった。

二十年以上経った今でも、振り返ると気持ちが苦くなる思い出。

あのときから僕は恋愛をしていない。もう懲《こ》り懲《ご》りだという思いも大きかったし、それまで以上に将棋に没頭するようになったのでよそ見をする暇がなかった。

二十三歳のときに相次いで両親がなくなりひとりになったが、新たに自分で家族を作ろうとも思わなかった。

ひとりでも何も不自由はない。将棋さえあれば生きていけるし、幸いなことに良い仲間にも恵まれている。それだけで十分幸せだ。

若いときに周りに心配をかけてしまったぶん、自分も周囲に優しくあろうと心掛けて生きてきた。特に、子供に対しては誠実な大人であろうと。

大人が子供の夢や人生を奪ってはいけない、絶対に。

それは傷と共に心に刻まれた信条。だから僕は真依さんが——三十二歳のときに出会った小さな女の子のことが、放っておけなかった。

僕と彼女の置かれた境遇は意味も深刻度も違う。けど、判断力の未熟な子供を大人がいいように嬲《なぶ》り笑顔を奪うことは同じだ。

真依さんに初めて会ったときから微かに抱いていた違和感は、時間をかけ彼女を知っていくうちに大きな問題の表出であることが発覚した。

いわゆる心理的虐待。尊厳を破壊され続け家族の操り人形となっていた彼女を、僕はどうにかして救いたかった。

しかし身体的虐待と違って証拠の残らない心理的虐待は証明が難しく、緊急性も低いと判断されてしまう。ましてや外部からの干渉は難しく、たかが習い事の先生という僕の立場ではできることに限界があった。

そうして手をこまねいている間にも彼女は成長し、将棋教室を卒業してしまった。心配する気持ちも大きかったが、あとは高校の三年間さえ乗り切ればなんとかなるのではないかという油断もあった。

真依さんももう十五歳だ、出会った頃に比べれば明るくなったし自己表現もうまくなった。どうにかこうにかあと三年やり過ごしてほしいと願ったのは、自分が救えなかった罪悪感をそうやって誤魔化していたのかもしれない。

しかしそれは大きな間違いで、三年後……僕は後悔を突きつけられる。

雨の中で再会した真依さんの涙は、今まで見たどんな涙より透明で悲しかった。

彼女の状況が子供の頃より酷くなっていたことに、僕は愕然《がくぜん》とした。後悔と自責の念が渦巻く。どうしてもっと早く彼女を救わなかったのか、もっと強引な手段を用いてでも親と引き離すべきだった、と。

すっかり生気を失くしていた真依さんは今にも消えてしまいそうに儚くて、見ていて胸が締めつけられた。

彼女の家族に対する怒り、こうなるまで何もしてあげられなかった己の不甲斐なさ、強く湧き上がる負の気持ち。しかしそれ以上に湧き上がってくるのは、目の前の彼女を絶対に救うという思いだった。

『所詮《しょせん》は習い事の先生と生徒。出すぎた真似はできない。専門の機関に相談して任せるべきだ』

そうよぎる心の声を無意味だと叱責する。そうやって手をこまねき何も解決しなかった三年前を繰り返してはならない。

それに今日ここで真依さんを帰したら、彼女はまた酷い目に遭う。今度は殺されるかもしれない。もしそうなったとき、僕は一生自分を許せないだろう。

怯え俯き続ける真依さんを前に、必死に頭を働かせた。未成年の彼女を一刻も早く、けれど長期的に救う方法。もちろん合法でなければならない。

——そうして見つけた方法が果たして最善だったのか。それはわからない。

彼女の戸籍に傷をつけてしまうことに酷く罪悪感を抱いたが、そのぶん出来得る限りの自由を与えたつもりだ。彼女が密かに抱いていた〝和裁縫士になりたい〟という夢も叶えてあげることができた。

共に暮らすようになって二年半が過ぎ、今では随分と明るくなったと思う。笑顔が増え、家族の影に怯えることもなくなった。……もっとも、今でも接触しようとしてくる彼女の両親を、僕が密かに遠ざけ続けているのだが。

これも褒められた手段ではないが、世の中の汚いことはたいてい金銭で解決する。幸い僕はプロ棋士としてそれなりの収入はあるし、無駄遣いをする癖もない。特に使うあてもなく貯まっていった金を、真依さんの穏やかな暮らしのために使えるのなら満足だ。

……そう。僕はただ真依さんを守りたい。

それはもしかしたら信条を貫くことで、過去の傷を慰めようとしているだけなのかもしれない。あの痛みがあったからこそ、自分は誠実な大人になれたのだと。

エゴイズム極まりない庇護欲《ひごよく》。申し訳なくさえ思う。

けれどそれでも守りたい気持ちに変わりはなくて、彼女が安息の日々を送ることに喜びを感じる。

だからそれだけでよかった。保護者と、被保護者。あとはいつか彼女が本当に結ばれたい人ができたなら、ここを出ていく。それだけでよかった——はずなのに。

◆

「……時間だ」

壁にかかっている時計を見上げて、僕は部屋を出た。

十一月某日。竜王戦第四局、一日目。対局会場は関西《かんさい》の寺院。深まった秋に赤く染まった庭のもみじを眺めながら渡り廊下を歩き、絢爛《けんらん》な襖絵の飾られた宸殿《しんでん》に入る。

部屋の中にまで伝わる秋の心地よい清涼な空気。将棋盤の前に静かに腰を下ろし、瞼《まぶた》を閉じて集中力を高めた。

頭の中が澄み渡り、凪のような静寂が訪れる。そこに今日まで研究し尽くしてきた対戦相手の指し手が、ひとつ、ふたつと浮かんであっという間に数えきれないほどに膨らんだ。

今日は彼はどんな手を指すのだろう、どんな展開になるのだろう。無限の可能性に好戦的な期待で胸が逸《はや》る。

呼吸を整えようと瞼を開けば、自分の纏っている白と翠が目に映った。

真依さんがあつらえてくれた勝負服。彼女の想いの籠もったそれは白く清麗《せいれい》で、纏っているだけで不思議と胸が空く。

——ああ、今日は勝ちたいな。

切なさに似たそんな想いがシャボン玉のように胸からひとつ湧き上がり、弾けて温かさだけを残した。

プロ棋士になって二十二年。誰かのために勝ちたいと初めて思った。

そしてその想いは、僕を強くする。

「お願いします」

双方こうべを垂れ対局の幕が上がり、竜の王の座に相応しいか試されるときが来た。


「おめでとうございます、久我竜王」

そう呼ばれて、ようやく自分がそれを手にしたのだなとジワジワ実感が湧いた。

長い戦いだった。二日目、一八二手にも及ぶ大激闘。対局相手の『負けました』を聞くまで呼吸を忘れていたような、一瞬たりとも集中を欠けない一局だった。

心地よい疲労と共に安堵の気分が押し寄せ、自然と顔が綻ぶ。祝福を述べる記者に礼を言い幾つかの質問に答えたあと、「今のお気持ちをどなたに伝えたいですか?」と尋ねられた。

きっと今の僕はクタクタのボロボロで、けれどとてもいい顔をしていると思う。

「妻に……家で僕の帰りを待ってくれている妻に、伝えたいです。今日の着物は和裁縫士の妻がすべて作ってくれました。そばで応援してくれているようで心強かったです。彼女にありがとうと、伝えたい」

ふと視線を上げるとカメラが回っていたことに気づいた。中継だったか録画だったかは忘れたけど、今の言葉が全国に流れることは間違いないだろう。

少し照れくさいなと今さら思いながら、はにかむ。

清々《すがすが》しい気持ちだった。名人位に続き悲願だった竜王位を獲得して、僕はようやく棋士として自信を持てた気がする。遠い日に一度道を逸れた過《あやま》ちを、これでやっと許すことができそうだ。

祝勝会の前に部屋へ戻りスマートフォンの電源を入れると、たくさんのお祝いのメッセージが届いていた。

その中の一件を選び愛らしい祝福のメッセージに頬を緩ませてから、通話ボタンをタップする。

『も、もしもし。龍己先生？　あの、おめでとうございます！　中継見てました、私嬉しくて嬉しくて……！　って、今電話して大丈夫なんですか？』

通話の向こうで彼女は珍しく興奮していて、声は涙ぐんでいる顔が思い浮かぶくらい鼻声だった。

その姿を想像して顔が勝手に綻ぶ。抱きしめてあげたいという欲求が自然に湧いた。

「大丈夫。今部屋に戻ったところだから。……ねえ、真依さん。帰ったら話したいことがあるんだ」

窓の外の夜空はよく晴れて、丸い月が浮かんでいる。きみも今、あの家の縁側でこの月を眺めながら話しているのだろうか。

『話、ですか？』

「うん。きみにお願いがある」

――保護者と被保護者。その関係に満足できなくなってしまったのは、いつからだったか。

一途《いちず》な眼差しを向けられるたび胸の奥が焦れて、気がつけば子供として見られなくなっていた。彼女が他に愛する人を見つけ幸せになることを願っていたのに、それが受け入れ難くなっていた。

いつだって僕の役に立とうとしてくれるいじらしい彼女を、花火の下で『龍己先生、大好き』と潤んだ瞳で告げた彼女を、和裁縫士になりたかったのは僕の勝負服を縫うのが夢だったからと言った彼女を、どうして他の男なんかにやれようか。

とっくに失くしたと思っていた感情に気づいたとき、湧き上がったのは歓喜とためらいだ。

二十二歳の年の差も、保護者と被保護者と決めた関係も、愛を紡ぐには壁が高かった。

真依さんが僕に好意を持っていることには気づいていた。

あの子はとても素直だ。考えていることがすぐ顔に出るし、言動の端々《はしばし》から僕への好意が感じられる。亀梨くんや卯野くんが『真依さんって久我さんのこと大好きオーラが出てますよね』なんて言うほどなので、うぬぼれや勘違いではないと思う。

ならば僕がそれを受け入れるだけで想いは通じ合う。

けれど、まだ幼いともいえる二十歳の女の子が、ふた回り近く年上の男に愛されて幸せなのだろうか。

結婚の時点で世間体は気にしなくなったが、実際に愛し合うとなれば話はまた違ってくる。男女の関係になったとき、若いとは言い難い男の抱擁《ほうよう》に嫌悪が湧いても無理はない。そしてもし子供ができたなら、年の差はさらに顕著《けんちょ》になるだろう。下手をしたら祖父と娘と孫だ。

自分で引いた保護者という線引きを破る罪悪感もあって、気持ちは振り子のように揺れ続けた。

そんなときだった。まるで勝負を決める一手のように、真依さんが僕に秘密のキスをしたのは。

あのときは寝たふりをしながら、口角が上がるのをこらえるのに必死だった。

なんて可愛いのだろう。ああ、愛しくて愛しくて仕方がない。そんな想いが溢れて、悩んでいた自分が可笑しくて笑ってしまいそうになった。

真依さんは僕に恋をしている。抑えきれない程にとびっきり大きな恋を。

その確信が、僕に大きな勇気をくれた。

彼女はきっと僕の愛を受け入れてくれる。ならばためらう必要がどこにある？　年の差があってもなくても、夫婦なんて何かしらの問題にぶつかるものだ。それを共に乗り越えていくから〝人生の伴侶〟たるんじゃないか。

――ああ、そうだ。僕は真依さんと一生を共にしたい。

気持ちが固まった僕は、今日の竜王戦に懸けていた。彼女の作った着物を着て悲願のタイトルを手にできたなら、自分は何かに祝福されていると思えたから。

それは過去の過ちを清算できた自身からかもしれないし、運命と呼ぶものかもしれない。これから歩む未来かもしれない。

その祝福を背負って、僕は新しい一手を踏み出す。

『お願いって、なんだろう。なんだかドキドキします』

電話の向こうで真依さんは無邪気に笑った。

「うん。たくさんドキドキしていて」

東京に帰ってきみに会ったとき、何から伝えよう。

きみとの生活が手放せないほど心地よくなったこと、日に日に明るく逞《たくま》しくなっていくきみに心惹かれていたこと。守ってあげたいという気持ちは変わらない、けれどそれと同時に、共に歩んでいける存在になりたいと願うようになったこと。

言葉だけでは伝えきれないかもしれない。

「真依さん。東京は晴れてるかい」

月を見上げながら尋ねれば、彼女は『はい、大きな月がよく見えます』と答えた。

「こっちもだよ。……月が綺麗だね」

同じ気持ちであることを願って告げれば、一拍の間のあとに「はい」とはにかむ顔が浮かぶような小声が返ってきた。

今宵、竜王の恋路《こいじ》を明るい秋月だけが見ていた。


二日後。

東京駅に着き新幹線の改札口を出た僕に、思わぬサプライズが待っていた。

「龍己先生！　おかえりなさい！」

臙脂色のマフラーを巻いた真依さんが、小走りに駆けてくる。人混みの中、人とぶつかりそうになり慌てて身をかわして、彼女は恥ずかしそうに笑いながらようやく僕の前に着いた。

「迎えに来てくれたのかい？」

驚いて尋ねれば彼女は元気いっぱいに「はい！」と頷いた。

時間は伝えていたがまさか迎えに来てくれると思っていなかった僕は、目をまん丸くする。そもそも改札はみっつあるのにどうしてわかったのだろう。

すると同じことを思っていたのか、真依さんは得意そうに口角を持ち上げて笑った。

「改札、南で合っててよかった！　前にコーヒーショップのスイートポテトフローズンドリンクをおススメしたら、新幹線に乗る前に飲んだって言ってたから。コーヒーショップは南改札にしかないから、多分ここかなって」

彼女の名推理ぶりに、素直に感心してしまった。

「すごいね。探偵みたいだ」

「でも外れたら行き違いになっちゃうから、結構ドキドキしてました」

肩を竦めて笑う彼女の姿に、胸の奥で飴が溶けたような気持ちを覚える。

きっと真依さんは、僕がどの改札口を選んでも外さない。誰よりも近くで僕を見て、僕を支え続けてきてくれた子。

愛おしい。

願わくばこれからもずっとずっと、その眼差しを僕だけのものに。

「おかえりなさい」と繰り返した真依さんを、優しく腕の中に閉じ込める。驚いて固まっている彼女の耳もとで「ただいま」を告げた。

駅の喧騒に負けないほど、大きな心音が伝わる。すぐそばにある顔がみるみる熱を帯びていくのが伝わる。

初めて抱きしめた体は想像よりもずっと華奢《きゃしゃ》で、その事実だけで胸が熱く疼いた。

「電話で話した僕のお願いを、聞いてくれるかい」

そう訊ねれば、肩口に埋もれた小さな頭がこくりと頷いた。

「きみがあまりに可愛いから、僕は大人げないことに嘘の結婚に満足できなくなってしまったんだ。だからこれは一生のお願いなんだけど」

腕に閉じ込めた華奢な体に、一瞬緊張が走ったのが伝わった。それすらも愛おしくて、抱きしめる腕に力が籠もる。

「僕と本当の結婚をしてくれませんか」

きっと今、きみは泣きそうな顔をしているのだろう。

行き交う人たちが視線を向ける中、腕の中で掻き消されそうに小さく「……はい。喜んで」と答えた声は、僕が想像した通りの涙声だった。

本当の夫婦

夢みたい。長い夢を見ているようで、今でも気持ちがフワフワする。

龍己先生が私にプロポーズしてから五ヶ月が過ぎた。

喧騒の中で聞いたあの言葉は、今でも耳に残ってる。ううん、きっと一生忘れない。

この恋が叶うなんて思ってなかった。龍己先生にとって私は恋愛対象にならないと思っていたから。

けど龍己先生は家に帰ってから気持ちをひとつひとつ伝えてくれた。私と過ごす時間が心地いいことや、私のことを最初は子供だと思っていたけど段々と女性として惹かれていったこと……。嬉しいけど、思い出すと顔から火が出そうなほど恥ずかしい。

そしてこれからの人生を伴侶として共に歩みたいと、真摯《しんし》な眼差しで告げてくれた。

ずっと龍己先生に恋してた私はその言葉が嬉しくて嬉しくて、涙で声が詰まってうまく返事ができなかったくらいだ。

今でも夢みたいだと思う。だって私は望みが叶わないどころか、何かを望んではいけない環境で育ってきたから。

それなのに家を出て龍己先生と暮らし始めた途端、望みどころか夢が次々に叶っていく。行きたい学校に進学できて、なりたかった和裁縫士になれて。そしてついに初恋まで実ってしまった。

もしかしたら三年前から長い夢を見ているのかもしれない、なんて考えてしまうほど、私は両手に抱えきれない幸せを噛みしめている。

そして今日、満開の桜の下で三年遅れの結婚式が始まる。

三年前は、いつか私が他の人と本当の結婚をしたときのため花嫁衣裳をとっておくよう龍己先生が配慮して式をしなかった。けれどもうそんなことを考える必要はない。

私は愛する人の……龍己先生の花嫁になるため、純白の衣装に身を包む。

式は神社での神前式《しんぜんしき》を選んだ。

龍己先生は教会でもチャペルでもいいと言ってくれたけど、私はどうしても彼が紋付き袴姿で三々九度《さんさんくど》をするところが見たかったのだ。

それを言ったら先生は目をまん丸くしたあと『普通こういうときは自分が着たい衣装を考えるもんじゃないの』と大笑いした。

とにかく、私は先生の和装が見たいし自分だって和服の方が好きだからこれでよかったのだ。

神前式とはいえ、式はふたりだけで挙げることにした。もちろん、私と家族のことを龍己先生が気遣ってくれたことだ。披露宴もしない。

私はともかく彼は顔が広く招待したいお客さんも大勢いただろうことを思うと心苦しかったけど、龍己先生は何もかも私を優先してくれた。『これはきみが主役の舞台なのだから』と。

その言葉を聞いて、つくづく彼を好きになってよかったと心から思った。

神前式でも昨今はふたりだけの挙式を受け付けている神社も多く、挙式の打ち合わせはスムーズに進んだ。

そうして私たちは今日、神様の前で契りを結ぶ。

私は白無垢《しろむく》に綿帽子、龍己先生はもちろん黒五つ紋付き袴を選んだ。

やっぱり龍己先生の和装は素敵だ。光沢のある黒羽二重《くろはぶたえ》の着物と羽織、風格のある仙台平袴《せんだいひらはかま》という伝統的な紋付き袴がよく似合っている。

私の白無垢は交織《こうしょく》の錦織《にしきおり》を選んだ。夫婦円満を表す鶴の柄が美しい。

ふたり揃って和装で式を挙げられるなんて、幸福だとつくづく思う。

神職に祝詞《のりと》を上げてもらい、念願の三々九度の盃。指輪の交換や誓詞奏上《せいしそうじょう》も無事に終え、最後は神殿の前で写真を撮った。

予定していた式の一連の流れを終えホッとしていると、龍己先生が「せっかく桜が満開だから」とカメラマンに追加の撮影をお願いして、桜の木の下でもう一枚写真を撮ることになった。

今日の空は快晴で、少しだけピークを過ぎた桜がお祝いの紙吹雪のように花びらを降らせている。ふたりだけの式なのに、まるで誰かに祝福されているみたいだ。

写真を撮り終え桜の木を見上げていると、私を見つめていた龍己先生が「綺麗だよ」と囁いた。

その優しい眼差しは見慣れているはずなのに、確かにそこに私と同じ恋の色を感じ取って、喜びとときめきに胸が熱くなる。

よかった。龍己先生は庇護欲や同情だけで私と生きることを選んだんじゃない。ちゃんと私を好きになってくれたんだ。そう思ったら自然と顔が幸福に綻んだ。

同じように笑みを浮かべた龍己先生が私の頬に手を添えて、そっと唇を重ねた。

不意打ちのキスだったのになんだかとても自然なことのように思えて、私は幸福な気持ちのまま目を閉じる。

桜の下で、夫と初めてのキスをした。

そう、私たちは今日から夫婦になった。嘘でも偽物でもない、本当の夫婦に。

一泊二日の小旅行を兼ね近県の神社を選んだので、式のあとは軽く観光をしてから旅館に戻った。

宿は料理も豪華で美味しく、天然の温泉もあって、ふたりともすっかり満足した。

……けど。時間が一刻一刻と進むごとに私の心臓は鼓動が早くなっていく。

だって、本当の夫婦になって初めて夜を迎えるんだもの。それがどういうことなのかなんて、当然理解している。

嫌なわけじゃない。それどころか……嬉しいと思っている。ずっと好きだった人に抱かれるのだから本望だ。

けど想いが大きいからこそ緊張もするし、不安もある。私の体はちゃんと彼を受け入れられるのだろうか。相変わらず豊満とはいえない体だけど、魅力を感じてもらえるだろうかなんて心配までしてしまう有様だ。

昼間はなるべく考えないようにしていたけど、夜になりそのときが迫ってくると緊張が高まってきた。

晩ご飯のあとにもう一度温泉に行って戻ってくると、部屋には布団が敷かれていた。ひとつの部屋に、並べ合ったふたつの布団。それを見てただでさえ早まっていた鼓動が急加速を始める。

温泉に入って、改めて心の準備をしてきたつもりだった。でもやっぱり、いざとなると心臓が爆発しそう。

どうにも落ち着かずソワソワしていると、温泉から戻ってきた龍己先生が部屋に入ってきた。

「先に戻ってたんだね」

そう声をかけてきた龍己先生の顔が、まともに見られない。

浴衣姿もお風呂上りの姿も見慣れているはずなのに、今日はやけに男っぽさを感じる。袖から覗く前腕も、掻き上げたラフな髪も、首筋のほくろも。

駄目だ、ものすごく緊張する。初めて体を重ね合うというのもあるけれど、お互いに十年以上知っている仲なのだ。あまり知りすぎている関係というのは、こういうときどんな顔をしていいかわからなくなってしまう。

私は中学生のときから龍己先生を異性として意識しているけど、それでも妙な照れが湧いてきて仕方ない。

ガチガチに硬くなって布団の上で正座していると、龍己先生が目の前に腰を下ろしながら手を伸ばしてきた。

「ちゃんと髪乾かした？」

耳の横の髪を、彼の指が軽く梳《と》く。大きく心臓が跳ねる胸の奥に、甘い疼きが湧いた。

「は、い……」

緊張でひっくり返った声で答えれば、龍己先生の顔がふにゃっと綻んだ。

「照れるね、こういうのは」

ああ、先生も同じ気持ちなんだと、その表情を見て思った。それどころかもしかしたら照れくさいのは彼の方が大きいかもしれない。だって私が知っているのはずっと大人の龍己先生だけど、彼は私を子供の頃から知っているのだから。

けど。だからといって彼は引かない。

髪に触れていた手が顔を押さえ、唇を重ねられた。昼間とは違う、大人のキス。角度を変えながら深く重ね合い、舌が唇をくすぐる。おずおずと歯列を開けば、舌に舌を絡められた。艶かしい口づけに、私の中の何かが変わっていく。

唇が離れたとき、私はどんな顔をしていたのだろう。

龍己先生は瞳の奥に熱を隠した眼差しで見つめながら、低く掠れるような声で聞いた。「怖い？」と。

私は小さく首を横に振る。

「もう子供じゃないです」

龍己先生はもう一度軽くキスをすると、唇を僅かに離した距離のまま言った。

「止めるなら今だよ。これが僕の最後の理性だ」

私がこれから初めての姿を見せるように、彼も私に初めて雄の姿を見せるんだ。そのことに気づいたとき、緊張は切ないほどの甘い痺れに変わった。

腕を伸ばし黙って彼の背に手を回すと、ゆっくりと布団の上に押し倒された。

押し倒されながら耳に口づけられ、吐息のような声で囁かれる。

「もうきみの先生じゃないよ」

私は熱い息を漏らしながら初めて彼を、「龍己さん」と呼んだ。


少女の殻を脱いだ翌朝は世界が違って見える、なんていうのを今まで誇張《こちょう》だと思っていた。

それがおおげさではなかったと知ったのは、カーテン越しに射し込む優しい朝の光で目覚めたとき。

浴衣越しに触れ合っている肌の温かさ、吐息さえ感じる近さ、私を包む龍己さんの香り。起きるなり胸が痛いほどのときめきに襲われた私の目には、何もかもが輝いて見えた。

大好きな人の腕の中で目覚める。こんな幸せで始まる朝があるなんて。

「夢みたい……」

たまらず小さく呟けば、目の前の胸板がクスッと微かに揺れた。

驚いて見上げた私の目に、クスクスと笑う龍己さんの顔が映る。

「お、起きてたんですか？」

間の抜けた感嘆を聞かれてしまった恥ずかしさで頬を熱くすれば、龍己さんは大きな手で愛おしそうに私の髪や頬を撫でて言った。

「おはよう。これは夢じゃないよ」

「……おはようございます」

笑われてしまって拗ねた気持ちは、おでこに落とされたキスで跡形もなく吹き飛んだ。嬉しくて彼の胸に顔を押しつけて甘えれば、今度はつむじにキスを落とされた。

「龍己さん、大好き」

溢れて溢れて止まらない幸せと恋心。それを掬《すく》い上げて龍己さんはキスと共に倍にして返してくれる。

「愛してる」

昨夜、何度も耳もとで囁かれたそれは、朝の光の中でも私の胸を震わせた。

◆

新たな関係で紡ぐ季節は、眩しい彩を見せながら過ぎていく。

挙式から一年が過ぎた。私は龍己さんの妻として、とろけそうに甘くて幸せな日々を送っている。

龍己さんは今、将棋のタイトルを二冠持っている。竜王戦の防衛に成功し、さらに去年棋聖《きせい》位を獲得したのだ。

七つある将棋のタイトルのうちふたつも保持しているのは本当にすごいことだ。過去には名人位と王将位も獲得したこともあるので、七大タイトルのうち四つを制したことになる。

そして今月からは、なんと名人戦七番勝負の開幕を迎える。そう、龍己さんは今季の順位戦を勝ち進み名人戦挑戦権を得た。これで勝てば、通算四期目の名人位獲得となる。

まさに絶好調。昨年から破竹の勢いで勝利を重ね続ける彼に、将棋界もマスメディアも注目していた。

龍己さんはもともと才能を持ち、努力を惜しまない人だ。けれどやはり人間である以上、調子の良し悪しや波というものがある。それが今絶好調なのは、もしかして私生活が満たされているから……？　と考えるのはうぬぼれだと思っていたけれど、それは間違いではなかったらしい。

「俺、久我さんの家で研究会するのちょっとつらくなってきました……」

五月のある日、我が家で開かれた『龍研』のとき、亀梨さんがしょんぼりとした様子でそう言った。

八畳間にちょうどお茶を運んできた私はそれを聞いて、何か失礼があっただろうかと焦る。ところが彼がしょんぼりとする理由はもっと別の次元の問題だった。

「確かにここは久我さんのおうちですし、久我さんと真依さんがラブラブなのも知ってます。けど！　俺たちが来てるときぐらい隠れてキスするのやめてもらえませんか!?　さっき台所でチュッチュしてたでしょう！　お手洗い行ったときに見ちゃったんだから！」

わっと嘆くように言った亀梨さんの言葉に、私の顔がみるみる真っ赤に染まっていく。ふと見ると、卯野さんも顔を赤くして俯いているし、鶴見さんは呆《あき》れたように頬杖をついて窓の外を見ていた。……もしかして今まで、亀梨さん以外にも見られてたことがあった？

それなのに龍己さんときたら、気まずいどころかニコニコと目尻を下げて口を開く。

「僕の奥さん可愛いからね。つい」

恥ずかしさに耐えきれず両手で顔を覆ってしまった私の耳に、鶴見さんの特大のため息と、卯野さんの「これが二冠の余裕……」という感嘆の声と、「独り身更新中の俺に致命傷の惚気《のろけ》ぶつけるのやめてください！」という亀梨さんの叫びが聞こえた。

亀梨さんの言ってることは至極《しごく》まっとうだ。

想いが通じ合い本当の夫婦になってからというもの、龍己さんの愛情表現は実に甘く開放的になった。家でふたりきりのときはもちろん、こんなふうにお客さんが来ていてもふたりきりになった瞬間キスをしたり抱きしめてきたりする。

別に硬派を気取っている人ではなかったけれど、今まで女性に対して関心がなさそうなタイプに見えていたので、この変わりぶりには私も驚いた。けれど彼曰く、別に変わったわけではないらしい。ただ、今まではそういった愛情を向ける対象がいなかったから、関心がないように見えていただけだと。

だとすれば長年の間で私だけがその対象になったということなので、それはとても嬉しいのだけれども。

龍己先生は部屋で将棋の研究をしているとき以外、私を構って可愛がった。縁側に座っていれば隣に座って抱き寄せてくるし、居間でお喋りをしているときなんか膝《ひざ》に座らせたがったりもする。そうして頭を撫でて「真依さんは可愛いね」と囁くのだ。

……そしてもちろん、夜はほぼ毎日。

私は他に経験がないし、この手の話を友達ともしたことがない。だからこれが普通なのか多いのか、こんなに時間をかけるものなのかわからないけど、体を重ねた夜はたいてい私は疲れ果てて気絶するように眠ってしまう。……もうこの体に龍己さんがキスしたことのない場所なんて、ないかもしれない。

とにもかくにも、龍己さんの愛は留まるところを知らず、隠すつもりもないらしい。

「でもね。真依さんの存在が追い風になってくれていることは本当だから」

龍己さんは将棋盤に駒を並べながら言った。その穏やかな声に、半泣きだった亀梨さんも、鶴見さんと卯野さんも視線を向ける。

「なんていうかな。今までも棋盤の前では全力を出し尽くしていたつもりだったけど、もう一段階粘れるようになったというか。自分が負ける気がしなくなったんだよね。

真依さんと夫婦になってから、ずっと強い追い風が吹いてるような気がしてる」

この〝夫婦〟というのは、想いが通じ合って本当の夫婦になってからのことだろう。

彼の絶好調が私生活のせいかもという予感がうぬぼれではなかったことに、私は叫び出したいほど歓喜する。今ここにふたりきりだったら、間違いなく龍己さんに抱きついていたはず。

「ずっとひとりで生きていけると思っていたけど、どうやら僕は愛があった方が強くなれるみたいだ」

惚けもここまでストレートに発せられると、妬《ねた》みも呆れも超越するらしい。鶴見さんは浅く頷いて「まあ、よかったな」と呟き、卯野さんは「師匠、カッコいいっス……」と目を輝かせている。そして亀梨さんは「ただでさえ強い人にこれ以上強くなられたらたまんないです。早く対局練習しましょう。俺もすぐに追いつきますから。……愛なんかなくったって！」と気を取り直すように将棋盤の前に座り駒をバシバシと並べだした。

みんなが対局の準備に入ったのを見て、私は静かに部屋から出ていく。

台所でひとり、大きく息を吐き出した。まだ顔が熱い。

ずっと前もこうして台所でこっそり、顔の火照りを冷ましたことがあった気がする。

その頃と違うのは、行き止まりの恋に焦れているのではなく、今は未来を見つめた愛に火照っているということだ。

恋愛は結ばれるのがゴールじゃない。結ばれてからがスタートなんだ。龍己さんはもう走り出している。私の手を硬く握りながら。

「私ももっと頑張りたい……。龍己さんの妻として相応しい大人になって、もっと龍己さんに喜んでほしい……」

それが具体的にはどうすればいいのか、今の私にはまだわからない。

けど、龍己さんが硬く繋いでくれた手をほどかなければ、いつか私の道筋が見えてくると強く思えた。


六月のある日。私と龍己さんは大型テーマパークへと遊びに来た。

なかなかふたりの間ではお出掛けの候補に挙がらない場所だけど、龍己さんが知り合いにチケットをもらったのだ。

私は生まれてこのかた、遊園地の類《たぐい》に遊びに来たことがない。

龍己さんはこのテーマパークには、二十年ぐらい前に友人たちに誘われて一度だけ来たことがあると言っていた。

つまり、初心者と初心者同然のペアということになる。

「……僕みたいなおじさんが来ていいところなのかな」

入場早々、園内を見回して龍己さんはそう呟いた。

普段から若い女性が多い場所ではあるけれど、今日は高校の課外授業でもあったのか、制服姿の女の子が特に目立っていた。

ファンタジックな世界観に、キラキラしている女の子の集団。そんな光景に圧倒されて、龍己さんはいきなり及び腰になっている。

「い、いいに決まってるじゃないですか！　大人の男の人だっていっぱいいますよ、ほら、あそこ」

「あれは家族連れのお父さんじゃないかな」

「妻だって家族です。龍己さんだって立派な家族連れですよ」

そんな会話を交わしながら、園内をあれこれ見て歩く。さすがに名物のキャラクターカチューシャは、ふたりとも恥ずかしくて着けなかったけれど。

あらかじめテーマパークでの遊び方をネットで勉強しておいたので、それほど戸惑うことなくアトラクションに乗ることができた。今日が平日でさほど混んでいなかったのもあるだろう。

初めは慣れない空間に圧倒されていた龍己さんも、やがて夢の世界の雰囲気に馴染んでいった。

園内の河を渡る船や、室内系の穏やかなアトラクションはふたり揃ってニコニコ満《まん》喫《きっ》したものの、スリリングなジェットコースターには龍己さんも私もしばらく青い顔をしていた。どうやらふたりとも絶叫マシン系はあまり得意ではないみたい。

「なんだか、いつまでも頭と体がゆらゆらしてます……」

「脳の血行がよくなった気がするよ……よくなりすぎて目が回りそうだけど」

そうして幾つかアトラクションを楽しんだあとは、休憩を兼ねて遅めの昼食。

せっかくいいお天気なので、軽食やドリンクなどを買って外の休憩スペースで食べようとふたりで決めた。

可愛らしい見た目のワッフルやドリンクに、龍己さんが「食べるのがもったいないね」なんて笑う。午後の日差しの下で見るその笑顔に、私は密かにうっとりと見惚れた。

今日の龍己さんの格好は、七分袖のストライプシャツに紺のテーパードパンツだ。

スッキリとした寒色系でまとめていて、梅雨《つゆ》の晴れ間によく映えている。青空の下に立つと、爽やかなポスターみたいだ。

龍己さんは和装も似合うけれど、洋服姿だってもちろんカッコいい。

ただ、彼自身はあまりファッションに頓着《とんちゃく》せず、服を買いに行くと大体店員さんに勧められるまま買ってしまうのだとか。

けれど小顔でスタイルがいいのが幸いして、龍己さんはたいていの服を着こなしてしまう。スーツやジャケット姿は言うまでもなく凛々しいし、Tシャツやカットソーみたいな緩い格好でさえ隙のある色香を感じるのだからすごい。

そう、龍己さんはとてもスタイルがいいのだ。

子供の頃から「背が高くてスラリとしてるなあ」とは思っていたけれど、本当の夫婦になってからは、服の下まで引き締まっていることを知った。

棋士というのはなかなかの体力仕事だ。何せひとつの対局に数時間、長いと十二時間以上もかかる。休憩時間はあるけれど、基本的に将棋盤を見つめたまま座りっぱなしだ。

背を傾け俯く姿勢を保ち続けるのは、背中やら首やら肩への負担が大きい。棋士の中には肩こりや頭痛に悩まされている人もいる。

体が疲れれば集中力も欠けてしまうので体力だって必要だ。

そんなわけで龍己さんも三十歳になった頃からずっとジムに通い続けているという。

主に背筋や腹筋、それから体幹を鍛《きた》えることで、前傾の座り姿勢でも体に負担がかからないようにしているのだそうだ。

体力づくりのため月に数回プールにも行っているし、運動不足にならないようにと研究の合間にふらりと散歩にも行ったりしている。

あるときどのくらい歩いてきたのか聞くと、一駅分往復してきたというのだから驚いた。距離にして五キロくらいだ。ふらりの距離にしては長い。

将棋は頭脳競技だけど体力作りに気を配ってる人は多く、将棋連盟にある部活動ではフットサルや野球に勤《いそ》しんでいる人もいるとか。

そんなわけで、龍己さんの体はとても健康的かつ美しい。

一般的に四十代ともなれば男女とも体に緩みが出てくる頃だと思うけど、龍己さんはお酒も煙草も嗜《たしな》まないせいか肌質も良くて、お腹だって引き締まってるどころかうっすら割れている。

床を共にするようになって初めのうちは恥ずかしさから部屋を真っ暗にしたり見ないようにしていたけれど、今では龍己さんの腹筋が美しいことも、二の腕や鼠経部《そけいぶ》の筋肉が色っぽいことも、腰にほくろがあることまで知っている。

和服でも洋服でも、脱いでもカッコいい龍己さんはすごいな、なんて思いながら私はうっとりとした目で彼を眺めた。

「僕の顔に何かついてる？」

あまりに眺めすぎてしまったせいで、私の視線に気づいた龍己さんが不思議そうに小首を傾げる。

まさか昼間のテーマパークで彼の裸体を思い浮かべていたなんて言えるはずもなく、私は内心焦りながら微笑み返した。

「ううん。楽しいなあって思ってたんです」

その言葉に素直に顔を綻ばせた龍己さんを見て、ちょっぴり後ろめたさが湧いた。

「そうだね。このテーマパークはすごいよね、ドリンクひとつ取っても可愛いし楽しい。園内の隅々まで楽しいことが染みわたっているみたいだ」

眩しそうに目を細めて辺りを見回しながら、龍己さんが言う。そしてテーブルに頬杖をつくと、今度は私を瞳に映した。

「それに何より、真依さんがいるから楽しい」

ふいに告げられた甘い言葉に、私の頬が赤くなる。

「多分他の人と来たとしても、こんなに心の底から楽しいとは思わなかったんじゃないかな。僕は将棋以外のことには好奇心旺盛《おうせい》な方じゃないから。でもきみといると童心に返ったみたいにワクワクするよ。うん、毎日が楽しい」

龍己さんの愛は場所を憚《はばか》らない。

すっかり熱くなってしまった頭で、私はコクコクと頷いてみせる。

「わ、私も！　私も龍己さんとならどこでもなんでも楽しい……です！」

結婚したばかりの頃は、きっと私ばかりが幸せをもらっていたと思う。

けど今ではこうして、彼にも幸せを返せていることがとても嬉しい。

龍己さんは満足そうに頷き返して、「それに」と口を開いた。

「今日の真依さんはおめかしをしていて可愛いね。いつも可愛いけど、今日は特別に可愛い」

「えっ」

目をパチクリさせて自分の格好を見つめた。

普段はシンプルでおとなしめのスタイルが多い私だけど、今日はテーマパークでのデートなので少し大胆にした。

フリルとベルトリボンのついたハイウエストのショートパンツ。それに大きめシルエットのブラウスと小型のショルダーバッグを合わせたガーリースタイル。

テーマパークなんてどんな格好で行ったらいいかわからなくて、鴻上さんに相談して、一緒に買い物に付き合ってもらったのだ。

膝上丈なんて初めて穿《は》いたけど、着てみると思ったより恥ずかしさはなかった。ただ、龍己さんの目から見て子供っぽいかなと気にはなったけど。

だから『可愛い』と連呼されて、私の心は舞い上がりそうになる。

「えへへっ、へへ……」

褒められて嬉しいのに、気持ちがくすぐったくて言葉がうまく返せない。変な照れ笑いをしてしまった。

それなのに龍己さんは頬杖をついて「本当に可愛いなあ」なんてニコニコしているものだから、私は延々《えんえん》と照れ笑いを零していた。


食後はのんびりと園内を散策したり、ショーを見たりして過ごした。

ダンスのショーを見ているとき、隣の席の子供がトンとぶつかってきた。そちらを向くと、小さな男の子が一生懸命にステージを真似て踊っていて、その愛らしさに思わず目尻が下がる。

「あ、すみません」

私にぶつかったことに気づいた母親らしき人が慌てて頭を下げたけど、こんな可愛らしい子に怒るわけがない。

「いいえ、気にしないでください。ダンス上手だね」

そう声をかけると、男の子はますます張りきって踊り出した。愛嬌《あいきょう》たっぷりのその姿に心が和む。

「可愛らしいですね」と小声で龍己さんに言えば、彼も口角を上げて頷いた。

こんなふうに幸せそうな親子連れを見ると、私の中にはふたつの気持ちが浮かぶ。

ひとつは、羨望《せんぼう》。こんな家庭に生まれてこんなふうに愛されたかったという、叶わなかった切ない望み。

もうひとつは、憧れ。いつか私も龍己さんと一緒に子供を温かく見守る親になりたいという夢。

子供の頃から根づいている羨望はなかなか消えない。けど、龍己さんと結婚してときが流れ愛を知るたびに、憧れの方が大きくなっていく。

もしかしたら、いつか憧れの叶う日が来たら切ない羨望は消えるのかなと最近思う。

本当の夫婦になった今ではいつ子供ができてもおかしくはない。けど、親になることが少し怖くもある。私はちゃんとした母親になれるのかな、と。

でもこんな光景を見ていると、やっぱり子供が欲しくなる。龍己さんとの間に子供が生まれたら、どんなに愛おしいだろう。

そんなことを思っているうちにショーは終わり、隣の男の子は元気に手を振って席を立っていった。

それからお土産を買ったりショップを巡ったりしているうちに日が暮れ、私たちは帰る前にパレードを見ることにした。

混んでいたので人の少ない離れた場所で見たけれど、華やかな音楽も幻想的なパレードも十分堪能《たんのう》できて、私も龍己さんも感激に目を輝かせっぱなしだった。

「今日は素敵な思い出がたくさんできました。龍己さんと来られてよかった。ありがとうございます」

龍己さんと、また新しい思い出が増えていく。

結婚してから私は初めての体験ばかりだ。そのことも嬉しいけれど何よりすべての『初めて』に、龍己さんが隣にいてくれることが嬉しい。

ロマンチックな光景に気持ちが酔いしれていたのだろう、私は周囲の人がみんなパレードに注目しているのをいいことに、背伸びをするとこっそり龍己さんの頬にキスをした。

我ながら大胆だと思う。キスしたそばから恥ずかしくてたまらないけど、好きで嬉しくて仕方ない気持ちが抑えきれなかった。

龍己さんは一瞬驚いた顔をしていたけど、こっそりと私のつむじにキスを返してくれた。

「いい思い出ができたね。きっと、また来よう」

その言葉に私は「はい！」と微笑んで返すと、隣り合った彼の手と手を繋いだ。

七月。

今日も今日とて私は元気に和裁所に通って着物を作っている。

「よし！　柄合わせ、終わり！」

業務終了時間の五分前、私は予定していたスケジュールより遥《はる》かに先の段階の作業を終えることができた。

この仕事をするようになって三年目。我ながら作業効率も上がってきた気がする。

「すごっ！　真依ちゃんどんどん腕が上がってるね。お客さんからの評判もいいし、もうベテランみたい」

隣の席の鴻上さんが私の作業机を覗き込んで言う。褒められて嬉しくなった私が

「へへっ」とはにかむと、鴻上さんは「今日ちょっと飲んでいこうよ」なんて居酒屋に誘うみたいに私をコーヒーショップへと誘った。

いつものコーヒーショップは今日も混んでいる。特にここ数日は梅雨が明け急激に温度が上がったせいか、涼を求めエアコンの効いた店内で冷たい飲み物を楽しんでる人が多いみたいだ。

私もそのひとり。新作のピーチフローズンドリンクはひんやりと爽やかに喉を滑り降り、今日の疲れも体に籠った熱もさっぱりと落としてくれるみたいだった。

「は〜、美味しい。仕事の後の甘いもの最高……っ」

「台詞が完全にビール飲んでるおじさんだよ、それ」

鴻上さんがクスクスと笑いながら隣の席に座る。確かに今のはおじさんぽかったなと、私も肩を竦めて笑った。

「そういえば真依ちゃんってお酒飲むんだっけ？」

「飲めなくはないけど、滅多《めった》に飲まないですね。龍己さんが下戸だから、あんまり飲む機会がないっていうか」

「久我名人、下戸なんだ。意外。祝勝会とかで飲まされたりしないの？　ほら、こないだニュースで見たよ。紋付き袴着て表彰されてたの」

鴻上さんが言っているのは、つい先日開かれた名人戦の就位式《しゅういしき》のことだ。四月に幕を開けた名人戦七番勝負は五月末の第五局で勝負を決し、龍己さんが四度目の名人位獲得となった。これでついに三冠、しかも竜王と名人という二大タイトルホルダーだ。

この偉業《いぎょう》に龍己さんの周りはしばらくお祭り騒ぎで、テレビ出演が増えただけでなく、街を歩けばサインや写真を頼まれる事態もしばしば起きるほどだった。

あれから二ヶ月が経って少し落ち着いたけれど、フィーバーによって知名度はますます上がったみたいで、鴻上さんでさえ『久我名人』と呼ぶほどだ。

「昔は勧められることもあったみたいだけど、今はもうみんな龍己さんが下戸だって知ってるから平気みたいですよ」

「そうなんだ。てか、インタビューで聞かれてたね。『今日の和装も奥様のお手製ですか？』って。真依ちゃんもすっかり有名人だね～」

楽しそうに言った鴻上さんの言葉にフローズンドリンクを噴き出しそうになった。

「やめてください。本当それもう恥ずかしくて仕方ないんですから……」

一昨年の竜王戦で龍己さんが私の着物を褒めてくれたインタビューは、やたらとワイドショーやネットニュースに取り上げられた。『二十二歳年下の妻が作った勝負服で竜王戦大勝利』なんてキャッチーな話題は、マスコミや一般層が大好きなのだ。そんな話題になりたくて作ったわけではないので、私は恥ずかしくて恥ずかしくてしばらくその手の番組が見られないほどだった。

もちろん龍己さんはそんな外部の声など気にせず、去年の竜王戦でも私の着物を着てくれたのだけど。

赤くなっている私をクスクスと笑って眺め、それから鴻上さんは少しだけ真面目な顔をして言った。

「ねえ、真依ちゃんはこの先独立とか考えてる?」

「独立……ですか?」

「うん。真依ちゃんなら腕もいいし、顧客がつきそうだなって」

和裁縫士には私のように会社で雇われている人もいれば、独立して個人で仕事を引き受ける人もいる。私は和裁縫士になることが夢で、今の仕事内容にも満足していたので独立は考えたことがなかった。

「これからどうなるかわからないけど、今は考えてないです。まだこの業界入って三年目だし」

「そっか。じゃあ技能試験一級が先だね」

「あ！　それ、いい！」

私はハッとして思わずパチンと手を叩いた。

和裁縫士になるため専門学校で和裁技能試験の二級までは取っていた。一級の受験資格は二級合格後二年以上の実務経験があること。今度の試験ならば受験資格がある。

いずれ取ろうとは思っていたけど、これはいい目標ができたと私は胸を弾ませた。

「何か成長できる機会が欲しいなって思ってたんです。でも何をどうしたらいいかわからなくて……。とりあえず、試験一級合格を目指します！　受かったらきっと、もっと自分に自信が持てるようになるから」

そうして合格した暁《あかつき》には、龍己さんに二着目の羽織袴を縫ってあげられたらと思う。

ようやくひとつ目標を立てられて喜んでいる私に、鴻上さんは「相変わらず可愛いなあ、真依ちゃんは」と笑った。そして「でも、前よりずっと綺麗になったね。いい顔してる」とフローズンドリンクみたいに甘く沁みる褒め言葉をくれた。


十月。技能試験の受付期間が始まり、さっそく申し込みをした。試験は二月。それまで勉強もして腕も上げなくては。

十月になると竜王戦七番勝負も始まる。現タイトル保持者である龍己さんも、一層日々の研究に気合が入っていた。

そんなとある秋の日曜日。

居間で卓を挟み、私は試験に向けて勉強を、龍己さんは棋譜を読んで研究をしていた。

お天気は快晴、小春日和《こはるびより》。温かい午後に眠気が集中力を上回りそうになった頃、「にゃーん」という鳴き声で私はハッとして顔を上げた。

「あ、ミケちゃん」

いつの間にか縁側から居間に上がり込んできていたミケちゃんが、私の膝の上で寛ごうとしている。

「もう、ミケちゃんってばマイペース。ここはあなたのおうちじゃないんだよ?」

私は眉尻を下げながらも、フワフワな喉を撫でる。あっという間にミケちゃんはゴロゴロと喉を鳴らしだし、気持ちよさそうに目を閉じた。

ミケちゃんのおかげで目が覚めたので、正座の上に猫を乗せた姿勢のままうーんと体を伸ばす。本当に今日はいい天気だ。家にいるのがもったいないくらい。

すると棋譜から顔を上げた龍己さんが、私を見て「ははっ」と小さく笑った。

「本当に遠慮がないね、この子は。この家も真依さんのことも、自分のものだと思ってる」

そして手を伸ばしミケちゃんの背を二、三度撫でた。

「ミケさん。そこは僕だけの特等席なので退《ど》いてくれませんか」

猫にまで悋気てみせる彼に私は思わず笑ってしまったけど、ミケちゃんはなんとまどろんでいた態度を一変《いっぺん》させて龍己さんの手に爪を立てた。

「あいたたたっ」

「ちょっとミケちゃん！　メッ！」

ミケちゃんは龍己先生の手を爪で押さえ込み猫キックをバシバシかますと、そのまま身を翻《ひるがえ》して庭へ出ていってしまった。

「やっぱり僕、猫に嫌われてるなあ」

「やだ、龍己さん血が出てる！　消毒、消毒！」

本当に不思議なくらい龍己さんは猫に好かれない。体から柑橘系《かんきつけい》の匂いでもしているのだろうか。

慌てて救急箱を持ってきて龍己先生の手を消毒し絆創膏《ばんそうこう》を貼ったときには、ふたりともう勉強も研究もするような集中力はどこかに行ってしまっていた。

「せっかくの秋晴れだし、散歩に行っておやつでも食べてこようか」

龍己さんの素敵な提案に、私は「賛成！」と即答してふたりで笑った。

近所をブラブラとお散歩して晩秋の空気を堪能した私たちは、馴染みの甘味処へと向かった。

冬至《とうじ》に向けて日の沈む時間はどんどん早くなり、午後三時を過ぎるとひんやりと夕方の空気が漂ってくる。

甘味処の暖簾《のれん》をくぐると、甘くて温かい空気に満たされていてホッとした。

席に着いて栗ぜんざいをふたつ注文する。あんみつや安倍川餅《あべかわもち》も好きだけど、この時期はやっぱり栗ぜんざいに惹かれてしまう。

餡子が大好きな龍己さんもぜんざいは好物で、ふたりで栗と餡子のホカホカな椀に幸福で頬を緩めた。

「栗ぜんざい食べると、五年前の雨の日を思い出します」

「五年……。そうか、もうそんなに経つんだね」

「あの日から今日まで色んなことがあったのに、あっという間だった気もします」

ぜんざいを食べながら、昔の記憶が雨だれのようにぽつぽつと思い浮かんだ。

救いの手を差し伸べられた日に食べた椀は、今と同じ味だっただろうか。

あのときも甘くて温かくて涙が出るほど胸に沁みたけど、今も甘い幸せが胸いっぱいに沁みる。

「……五年前の決断を、僕は間違ってなかったと思っていいのかな」

ぽつりと、龍己さんが問いかけた。

もしかしたらそれは彼が自分自身に聞いたことかもしれなかったけど、私はまっすぐに彼の目を見て答える。

「はい。あのとき私に新しい人生をくれて、ありがとうございます」

龍己さんは目を見開き、それから柔らかに微笑んで「うん」と満足そうに頷いた。

私はそんな彼を見ながら心の中で誓った。新しい人生をくれたお礼に、今度は私があなたをもっと幸せにします、と。


それから三週間後のこと。

竜王戦二度目の防衛を果たしたお祝いに、龍己さんと私、それからいつもの『龍研』のメンバーで『はく沢』へやって来ていた。

三ヶ月ぶりに来たけど女将さんも大将も相変わらず快活で元気いっぱいだった。

「奥さんなんだかますます美人になったんじゃなぁい？」

女将さんはそんなことを言いながら私たちのいる座敷へ料理を運んでくれた。彼女が私のことを何かと褒めてくれるのはいつものことだけど、慣れることはない。気持ちがムズムズとしてなんだか胸がいっぱいの気分だ。

それなのに亀梨さんまで「言われてみればなんかいつもより肌艶《つや》がいいような？」なんて言い出すものだから、面映ゆくてたまらない。

「やめてください。多分むくんでるだけです。最近やけにむくみやすくて」

季節の変わり目だからか、なんだか少し体調がしっくりこない。風邪のひき始めかもしれないから注意しなくては。

「そういえば足が怠《だる》いって言ってたね。あれもむくみのせいなのかい？」

隣の席の龍己さんが私の顔を覗き込んで言う。

「多分そうです」

あまりむくんでる顔を見られたくなくて、答えながら思わず横を向いてしまった。

「冷えたんじゃない？　女に冷えは大敵よ。ほら、あったかいもの食べて」

そう言って女将さんが私の前にお吸い物を置く。焼き鮟鱇《あんこう》に木の芽と針生姜《はりしょうが》が載った旬のお吸い物。

「今週から鮟鱇始めたんだ、初物だよ」

大将の言葉に、亀梨さんたちが「うまそ〜」と喜びの声をあげる。

それは見た目も美しくて香りも良くて、本当に美味しそうな一品だったのだけど。

「……」

なんだか胸がムカムカして、どうしても手を付けることができなかった。

「真依さん？　鮟鱇は苦手だっけ？」

なかなか箸を持とうとしない私に、龍己さんが声をかける。私は小声で「苦手じゃないんですけど……ごめんなさい、今日はちょっと胃の調子が悪いみたい」と告げた。

せっかくの龍己さんのお祝いの席、大将が腕を振るってくれたのに申し訳ない。そう思う気持ちはあるのに今日の私はどうにも魚介の香りが受け付けず、香のものにしか手を伸ばせなかった。

さすがに他の人も私の不調に気づく。なんだかいたたまれなくなって先に席を立とうか考えていたとき。

ほとんど手をつけていない私のお皿を見た女将さんが「あら！」と目を大きくしてから、近づいてきた。そして耳に口を寄せヒソヒソと尋ねる。

「違ったらごめんなさいね。もしかして奥さん……おめでた？」

『おめでた』という日常であまり使わない単語に、一瞬理解が追いつかない。それから数秒考えて、私は「えっ!?」と大きな声をあげてしまった。

慌てて口を手で押さえ、心当たりを探る。そういえば先月の生理って遅れたまま、まだ来てなかったっけ……。

もしかしたら。その可能性にいきあたって、たちまち手が震えた。

子供ができることを想定していなかったわけではない。けど期待しすぎては精神的に良くないからと、授かりものだと思って気にしないようにしていたのだ。

「何も検査してないから、まだ……わかんないです」

ドキドキと鼓動を逸らせながら、女将さんに震える声で告げる。

そんな私を見て女将さんは興奮した様子で調理場へ飛んでいくと、アボカドとトマトのサラダと、カットしたフルーツを持ってきてくれた。

「無理せず食べられるものだけ食べて」

「あ、ありがとうございます」

そして女将さんはニコニコしながら私と龍己さんを見て、何か言いたそうな口もとを無理やり引き結んで去っていった。

「どうしたの?」

私と女将さんのやりとりを見ていた龍己さんが、不思議そうに尋ねる。

まだ妊娠と決まったわけじゃない。病院に行くなり検査薬で調べるなりしてから言うべきだ。でも。

「帰りに薬局に寄ってもいいですか」

龍己さんの手をそっと握りしめ、小声で尋ねる。

まだ答えはわからない。けどそのドキドキも、夫婦なら一緒に味わったっていいんじゃないかなって思うから。

「薬局？　いいけど、どこか具合悪い？」

「に……妊娠検査薬、買うから……」

囁くように告げると、龍己さんの動きが止まった。手に持っていた箸が滑り落ちていく。

それから彼は頬を赤くすると勢いよく立ち上がり、「ごめん、僕たち先に帰るから！」と私の手を引いて座敷を降り、コートも荷物も置いてきたことに気づいて慌てて戻った。

突然のことにポカンとしている亀梨さんたちに「きみたちはゆっくりしていって」と声をかけ、伝票を持っていこうとして「今日は俺たちからのお祝いって言ったじゃないですか！」止められる。

妊娠の可能性に気づいて私も相当ドキドキしたけど、龍己さんはその倍は動揺している。お店を出たあとは、まるで冷たい夜風を絶対に私に触れさせないかのように肩を抱き寄せコートに包んで、ギクシャクとした足取りで薬局まで歩いていった。

——子供が大きくなったとき、いつか今日のことを話してあげようと思う。

竜王になったときでさえ落ち着いていたパパが、こんなにドキドキしていた夜のことを。

それから。あなたがお腹にいるとわかったとき、パパとママは抱き合って大喜びしたことを。

亀裂

一月。龍己さんと迎える五度目のお正月。

「あけましておめでとうございます」

ふたりでお雑煮《ぞうに》とおせち料理を食べたら、近くの神社へ初詣《はつもうで》に行くのが恒例。

けれど今年はちょっとだけ、様子が違う。

「真依さん、やっぱり今年は中止にしよう。外は寒いし、何より初詣は人が多い。万が一インフルエンザでもうつされたら大変だ」

「でも、赤ちゃんが元気に生まれてくるように神様にお参りしたいじゃないですか」

「う～ん、それはそうなんだけど……。でも今年はインフルエンザが大流行だって言うし……」

「予防接種受けてるんだから大丈夫ですよぉ」

龍己さんは悩ましそうに頭を抱えて、うんうんと唸る。彼がこんなに悩んでいる姿、対局中だって見たことがない。

「じゃあもっと混雑が収まって暖かくなってから行こう。四月頃とか」

「それって初詣っていうんですか？」

結局、私の体を心配するあまり今年の初詣は春に延期になった。

このお腹に小さな命が宿ってるとわかってから、龍己さんは私を壊れもののように丁寧に丁寧に扱う。

もともと私のことを大切にはしてくれていたけど、妊娠してからはそれが加速して過保護という言葉がぴったりになってしまった。

今年のおせち料理だってそうだ。長い時間台所に立っては冷えるからという理由で、お店に注文することになった。私としては年末におせちを作るのは、龍己さんとお正月を過ごす準備をしてるみたいで毎年楽しみなのだけど、仕方ない。

過保護も彼の愛情なのだと思って、それに甘えて過ごすようにしている。

もちろん、お腹の赤ちゃんは順調だ。

初期につわりがあったもののやがて落ち着き、今は安定期。出産予定日は六月下旬といわれた。性別はまだわからないけど、産まれるまでのお楽しみにしようと決めている。

男の子でも女の子でもいい。ただ無事に産まれてくれればいい。それが私と龍己さんの願いだ。

私は正直、ちゃんとした母親になれるか不安に思ったこともあった。普通じゃない家庭で育ったのに、子供に正しい接し方ができるのかどうか。けど龍己さんは私のそんな憂《うれ》いを吹き飛ばすかのように、笑って言ってくれた。『大丈夫。一緒に親になっていこう』と。

ただそれだけの言葉が、どれほど私の安らぎとなったことか。

ひとりじゃない、私は龍己さんと共に子供を育てていく。互いに手を握り合っていれば、もし間違った方に進みそうになっても正し合うことができる。そう信じられた。

きっと龍己さんは子煩悩《こぼんのう》なパパになると思う。もしかしたら子供に少し甘すぎるパパかもしれない。でも子供は穏やかで優しいパパが大好きになるだろう。

私は多分、今と変わらず悩んだり戸惑ったりすることの多い頼りないママになる予感がする。それでも龍己さんに励まされ、一歩ずつ前へ進んでいくはず。そして悩んだり戸惑ったりしたぶんだけ、子供の成長に大きな喜びを感じるに違いない。

三人家族になったら、行きたい場所ややりたいことがたくさんある。動物園や遊園地、ピクニックなど家族でお出掛けというのもしてみたいし、夜は川の字になって一緒に寝たい。アルバムも作りたいし、おんぶ紐のお散歩もベビーカーのお出掛けも憧れだ。

子供が少し大きくなったら、龍己さんは将棋を教えてくれるだろう。私は将棋が弱いから、きっとすぐに負かされるようになる。ああ、それから、それから。夏になったら親子でおそろいの浴衣を着ようか。甚平《じんべい》も可愛いかもしれない。そして遠い将来、子供が成人式を迎えたら晴れ着を縫ってあげよう。男の子なら羽織袴を、女の子なら振袖を。

楽しい未来を夢見るのが止まらない。

そんな生活があと半年で現実になると思うと、私は胸がワクワクと弾んだ。まだ膨らみは小さいけど確かにお腹にいる命に、そっと話しかける。「パパもママも待ってるからね」と。

お正月も過ぎ新年の空気もだいぶ薄くなった一月下旬。

私は和裁技能検定一級の筆記試験を終えた。日々勉強を続けてきたおかげで難なく済み、確かな手ごたえを感じられた。あとは来月にある技能試験だ。

試験会場からの帰り、私は途中の駅で降りて呉服店に反物を見に行くことにした。妊娠してから人混みに行かないようにしていたので、久々に人で賑わう大きな駅に降りた気がする。

日曜日のせいか街も人が多く、買い物に行く女性や家族連れが多く目についた。自然と小さな赤ちゃんを連れた人に目がいき、頬が緩む。あと少しで私もあんな幸せを享受《きょうじゅ》できるのかと。

……そのときだった。

「真依？」

聞き覚えのある女性の声に呼びかけられ、一瞬で頭が真っ白になった。

逃げたい。ここから今すぐ逃げなきゃ。本能的にそう思うのに、足が竦んで動けない。

動悸を逸らせていると、それより早い歩調で足音が近づいてきた。

「真依！」

肩を掴まれて脂汗が噴き出た。目の前にあるのは、母の顔。結婚以来一度も会っていなかった母が、歪《いびつ》な笑みを浮かべ私の両肩を掴んでいる。

そうだ、デパートがあるこの駅は母が昔からよく使っていた駅だと思い出して後悔が湧いたが、もう遅い。

「ああよかった！　真依！　あんた今すぐうちに戻ってきなさい！」

突然意味のわからないことを言う母は、とてもやつれていた。それどころか顔には大きな絆創膏が貼ってあり、腕にも包帯を巻いている。

「お……お母さん……。なんで、何言ってるの……？」

嫌な記憶が次々にフラッシュバックする。私は竦む足に力を入れて、一歩あとずさった。母は今度は忌々《いまいま》し気《げ》な表情を浮かべると、私の肩を掴んでいた手に力を込めた。

「あんたのせいよ。あんたのせいで私の人生滅茶苦茶《めちゃくちゃ》だわ。あんたがおとなしく心太に殴られてれば……。そもそもあんたが逃げたせいであの子はおかしくなったのよ。せっかく私が愛情かけてあげたのに、あんなクズに育って……。全部あんたのせいだわ……」

支離滅裂な恨み言をつらつらと吐かれたけれど、何が起きているのかは大体わかった。

私が実家を出てしばらくしてから、兄はさらに荒れるようになり父母にも暴力を振るうようになったらしい。母は何度も「育て間違えた」と嘆き、私に「心太に殴られるために」戻ってこいと言った。

「いや……絶対にいや！　私はもう龍己さんの妻なんだから。実家には絶対に戻らない！」

首を横に振って強く拒絶すると、母は殴り掛からん勢いで言葉を吐き出した。

「何が妻だ！　あんな男ろくなもんじゃない、はした金で真依に近づかせないようにして。こっちは親なんだよ、会うのも連れ戻すのも自由よ！」

「……待って。今、なんて言ったの……？」

なんともいえない嫌な感情が込み上げてくる。母が「こっちが連絡するたび金か弁護士で押さえ込みやがって、親が子に会おうってのに何が悪いんだ！」と唾棄《だき》するように言ったのを聞いて、私はその場に蹲《うずくま》りたくなった。

……いつから？　結納金だけじゃなく、もしかしてずっとお金を渡し続けて両親を私から遠ざけていたの？　今まで一度も母たちに会わず連絡もなかったのは、龍己さんが手を回していたから？　……この親は……親と呼ばれるのもおこがましいこの下品な人間は、ずっと龍己さんにお金をたかっていたの？

吐き気がするような羞恥と申し訳なさで、眩暈がした。こんな人間と血が繋がっていることも、今まで何も知らなかったことも、それを疑問に思わず呑気《のんき》に暮らしてきたことも、全部全部みっともない。

「どうしてそんなことするの!?　龍己さんに迷惑かけないで！」

思わず前のめりになって叫んだ私に、母は「うるさい！」と肩を突き飛ばした。よろけそうになり、持っていたバッグを落としてしまう。

「あっ……」

その拍子に飛び出してしまった荷物を、慌ててバッグの中にかき集めた。

けれど、遅かった。

「あんた……妊娠してるの？」

落ちた荷物の中にあった母子手帳《ぼしてちょう》を見られてしまい、私の心臓が嫌な音を立てる。

さっきまで鬼のような形相をしていた母は、まるで希望を見つけたようなゾッとする笑みを浮かべた。

「何よ、早く言いなさいよ！　あは、よかった。これで全部やり直せる……」

わからない。その言葉の意味が、まったく。

「やり直せるって……何？」

青ざめて聞いた問いに、返ってきた答えはおぞましかった。

「心太も真依も失敗した。でもその子がいればやり直せるじゃない。今度こそ可愛くて優秀で親孝行で、どこへ出しても恥ずかしくない子に育てるのよ」

「意味わかんない……」

「あんたがまともに子供を育てられるわけないでしょう？　私がその子のママになってあげるって言ってんの」

咄嗟にお腹を手で押さえた。そんなはずはないのに、お腹から子供を奪われるような恐怖に襲われた。

「何言ってるの、絶対にいや！　お願いだからもう私に関わらないで！　私にも龍己さんにも子供にも関わらないで!!」

叫ぶように言って、私はその場から逃げ出した。

怖い。怖い、怖い。十八年間支配されていた苦しさと振るわれた暴力の痛みが甦って、体がガクガクと震える。その魔の手がお腹の子にまで伸ばされようとしていると思うと、恐怖で目の前が真っ暗になった。

助けて、龍己さん。助けて。

心の中で叫びながらひたすら走った。怖くて振り向けなかったけれど、母は追いかけてはこなかったようだ。電車に飛び乗って扉が閉まり、ようやく強張《こわば》っていた体から力が抜ける。

けれど恐怖心はまったく褪せず、家に着くまで震えが止まることはなかった。

今夜は龍己さんはいない。対局のため関西に遠征中で、今日から三日間留守なのだ。

私は何度も龍己さんに電話をかけようとして、スマートフォンに手を伸ばしかけては止めた。対局前に彼の集中を乱すようなことはしたくない。

母が家に押しかけてきたらどうしようという不安を抱えたまま、私は眠れぬ夜を過ごした。

翌朝は五時前に目が覚めた。目覚めたといっても、ほとんど眠れなかったのだけれど。

朝の光を浴びると、少しだけ気持ちが落ち着いた。昨日は母に言われたことの衝撃が大きすぎて恐怖しかなかったけど、冷静にこれからのことを考えなくてはならない。

お腹の子を守りたい。もちろん、両親と兄のいるあの家には絶対に帰らない。そのふたつの気持ちが何より強かったけれど、同じくらい湧き上がってくる思いがある。

それは。

「……もう龍己さんに迷惑をかけるのはいや……！」

昨日初めて知った衝撃の事実に、私は彼の妻としての自尊心を粉々に砕かれていた。

龍己さんが初めから私を助けてくれるつもりだったのはわかっている。けど、彼の手を今に至るまで煩《わずら》わせ、金銭まで出させていたなんて思わなかった。

考えてみればあの家族が、体のいいサンドバッグだった私を放っておくはずがないのだ。何回も接触してくるだろうことは予想がついたのに、私は龍己さんに守られている安心感で『もう大丈夫』なんて思い込んでいた。ちっとも大丈夫なんかじゃない。私の知らないところで全部、守り続けてくれていたんだ。

そのことに気づかず、大きな顔をして妻を気取っていたことがみっともなくてたまらない。恋をして浮かれて、愛されて有頂天《うちょうてん》になっていた。自分のことでばかり悩んで、龍己さんの抱えてくれていたものをちっとも理解しようとしていなかった。

本当に悔しい、恥ずかしい。彼に愛されて少しは成長できたかもなんて、思い上がりも甚《はなは》だしかった。

感情がぐちゃぐちゃになって泣き喚《わめ》きたくなったけれど、そんなことをしてもどうにもならないと自分を叱責する。

考えなくちゃ。これからどうしたらいいのか。子供を守る。自分を守る。それから
……今度は私が、龍己さんを守りたい。

いつまでも迷惑をかけ続けたまま、のんきに妻の顔をしているのは嫌だ。保護者と被保護者で始まった関係だけど、今はもう夫婦だ。ううん、今度こそ本当の夫婦になりたい。

心は決まった。私だってもう社会に出て三年目になる。無知で無力だった子供じゃ

ない。自分ひとりで戦うことだって、できるはずだ。

私はスマートフォンに手を伸ばすと、龍己さんへ電話するのではなく、法律相談事務所のサイトを検索した。


「親と縁を切る、という法的手段はないんですよ」

ワイシャツ姿の年配の弁護士さんは、開口一番にそう言った。

「ましてやあなたはもう結婚して家を出ているんでしょう？　そうなるとね、住んでるとこも戸籍も別れてるわけだし、それ以上はもうね」

なんだか吐き気が込み上げてくるのは、事務所に染みついている煙草の臭いのせいか、弁護士さんの言葉のせいか。

「でも……私を連れ戻して兄に娶らせるって。それから子供も取り上げられるかもしれなくて……」

「そうなったらこちらも動きようがあるけど、なってないんじゃどうしようもないんですよ。まあ、旦那さんに長期にわたってお金の無心《むしん》をしてたことに対しては、家庭裁判所に申し立てることができるけど……でも脅されてたわけじゃなく、旦那さんが自主的に渡してたんでしょう？　うーん」

そう言って弁護士さんが頭をゴリゴリとペンで書く。相談を始めたときから気怠《けだる》そうな態度だったけど、私が今にも泣きだしそうな顔をしているのを見ると少し姿勢を整えた。

「親御さんが家に押しかけてきたりして緊急性が出てきたら、接近禁止命令を申し立てられます。まあでもお話伺ってる限り、まずは親御さんと旦那さんと一緒に話し合った方がいいんじゃないかなあ。親御さんも孫ができるのが嬉しくて言葉が過ぎちゃったんでしょう」

ああ、相談先の選択を間違えたと心の底から思ったとき、テーブルに置かれていた時計がアラームを鳴らした。

「おっと、時間だ。相談時間三十分のコースでしたね。どうします？　延長しますか？」

「いえ、もう結構です。失礼します」

私はソファーから立ち上がって一礼すると、煙草の臭いの染みついた弁護士事務所をそそくさと出ていった。古めかしい雑居ビルから出て、肺を洗浄するように呼吸を繰り返す。

「……ベテランの弁護士事務所って書いてあるから期待したのに……」

落胆した気持ちを小声で零して、その場から離れる。せっかく休日の時間を使って相談に来たけど、解決の糸口どころか不安が募っただけだった。

帰りのバスの中で、私はため息をついた。他の法律相談に行ってみようかとスマートフォンで検索をかけて、結局画面を閉じた。

あの弁護士さん、頼りにならなかったけど言っていたことは間違っていない。相談に行く前に私も少し調べたのだ。法的に親と縁を切る手段はないものかと。けれど現在の日本にそれはなく、せいぜい法的な効力のない絶縁状を送るくらいが関の山だ。

それでも何かいい方法はないかと藁《わら》にも縋《すが》る気持ちだったのに、結果はこれである。気持ちが落ち込んで、ずんと体が重くなった。

「……ただいま」

家に着いたのは日が沈みかけた頃だった。「おかえり」と出迎えてくれた龍己さんはコートを着ている。

「僕もちょうど今帰ってきたところで、真依さんを迎えに行こうと思ってたんだ」

「そうだったんですね。行き違いにならなくてよかった」

龍己さんは今日は対局のない日。その代わり、朝からＣＭの撮影が入っていた。

「ごめんね、検診についていってあげられなくて。それで、お医者さんはなんて？」

「順調だそうです。エコーの写真もらってきたんで、あとで見せてあげますね」

じつは今日、私は弁護士事務所に行く前に産科の定期健診へ行ってきた。なんだか龍己さんの目を誤魔化しているみたいで罪悪感が募るけど、彼に秘密で家族のことを解決するには仕方ない。

「これ、お土産です。病院の近くで美味しそうな和菓子屋さん見つけたから」

「ありがとう。晩ご飯までまだ時間あるし、さっそくお茶でも淹れようか」

私の手から紙袋を受け取りながら、龍己さんは他の荷物も持ってくれる。そして「手洗ったら座ってて」と言って、台所にお茶を淹れにいった。

「あれ。ミケちゃん来てたんだ」

コートを脱いできてから居間に入った私は、ミケちゃんがちゃっかりストーブの前に陣取って丸まっているのを見つけた。

「本当だ。どこから入ってきたんだろう」

お盆に急須《きゅうす》と湯のみとお皿を載せてきた龍己さんが、ミケちゃんを見て目をしばたたかせる。そしてお盆を卓に乗せると、寝ている人を起こすように猫の背を揺り動かした。

「ミケさん。悪いけどしばらく家には入っちゃ駄目って言ったじゃないか。妊婦さんに猫はよくないんだよ」

龍己さんは猫からのトキソプラズマ症感染を心配しているようだ。ミケちゃんは目を覚ますと大きな欠伸《あくび》をし、彼に抱かれて渋々といった顔で縁側から出ていった。

「あの子は頭がいいね。こういうときは僕に爪を立てない。きっと言ってることがわかるんだよ」

手を洗い直してきた龍己さんがそう言いながら卓の向かい側に座った。私はお菓子の箱からうぐいす餅をそれぞれのお皿に載せ、ひとつを龍己さんの前に差し出す。それを見た彼の顔がパァッと明るくなった。

「いいねえ、美味しそうだ」

「うぐいす餅、お好きですか？」

「大好きだよ」

この人は本当に和菓子が好きだと改めて感じ、私も思わず笑みが零れる。

ふたりで温かいほうじ茶を飲み、ひと足早い春のお菓子を味わった。目を細めた龍己さんが「美味しい」と満足そうに頷く。

「うぐいす餅か。もう春なんだね」

そう呟いた彼の言葉に、なんとなくカレンダーに目を向ける。二月も残すところ半分を切った。

先月の和裁技能検定一級の学科試験に続き、実技試験も今月終わった。母のことが起きたばかりで万全とは言えない精神状態だったけど、今まで培《つちか》ってきた経験値でなんとか乗り切ることができた。あとは来月の合格発表を待つばかりだ。

そして春が過ぎればいよいよ出産が近づいてくる。今までは赤ちゃんに会える日がただ楽しみだったのに、最近では出産までに母をなんとかしなくてはと、そればかり考えている。

「真依さん。聞いてるかい？」

うっかり気持ちを曇らせていた私は龍己さんが話しかけていたのに気づかず、呼びかけられてやっと意識を向けた。

「ごめんなさい、ちょっとぼーっとしちゃった」

気持ちを察せられないように笑みを浮かべると、龍己さんは少し不思議そうな顔をしたものの話の続きを始めた。

「それでね、今日スタジオに来ていた広告代理店の方に『また写真集を出さないか』って相談されたんだ」

「わ、すごいじゃないですか。引き受けたんですか？」

「まさか。さすがにこの年じゃもう恥ずかしいよ」

「そうかな、龍己さん年を重ねて尚カッコいいですよ」

私がそう言うと、龍己さんははにかんで首を横に振った。それからお茶をひと口のみ、落ち着いた口調で再び話しだす。

「けど『ご家族のフォトグラフだったらどうです』って提案されて、ちょっと心が動いたよ。ああ、もちろんきみや子供を人前に晒《さら》すつもりはないから断ったけど。でも僕と真依さんと生まれてくる子供の記録を一冊に綴《と》じてもらえるのは魅力的だね」

龍己さんの眼差しが、未来を映して優しさを帯びる。

私が三人での未来をたくさん思い描くように、龍己さんも未来の日々に幸せな思いを馳せているんだ。

そのことが嬉しくて胸がジンと熱くなると共に、改めて決意が湧き上がった。

――絶対に、誰にもこの未来を邪魔させない。

龍己さんが私の命と夢を守ってくれたように、今度は私が龍己さんの夢と未来を守るんだ。

「……龍己さん」

呼びかけた私に、彼が「ん？」と口もとに弧を描いて返す。

「龍己さんと私と子供と、三人で必ず幸せになりましょうね」

春はきっと、すぐにやって来る。


それから私は休日だけでなく会社帰りにも、法律事務所や弁護士事務所に相談に行ってみた。さらには警察の窓口にも。

けれどどこも答えは大体一緒だった。ことが起こっていなければ動けない。民事も刑事も問題が起きたときに解決する手段や機関であり、あらかじめ防ぐ方法は有していない。

手詰まりから焦燥感を募らせていた私は、三月になりせっかく和装技能士検定一級合格の報《しら》せを見ても、心から喜ぶことができないでいた。

「真依さん。何か悩んでいることがあったら教えてほしい」

龍己さんからそう言われたのは、私の検定一級合格のお祝いでホテルのレストランへ来ているときだった。

子供が生まれたらこういう場所もなかなか行けないだろうから、と龍己さんがわざわざ連れてきてくれたディナー。そんなお祝いの席で彼にこんなことを言わせてしまうくらい沈んだ顔をしていたのかと、咄嗟に自省した。

なんでもないと誤魔化そうとしたけど、「最近元気がないし……どこか様子が変だ」とまで言われて、ナイフとフォークを持っていた手が止まる。

打ち明けるべきか迷った。もう私ひとりでは成《な》す術《すべ》がない。下手に心配をかけるより、ふたりで話し合って解決した方がいいんじゃないかという思いがよぎる。そのとき。

「あれ、久我名人じゃないですか。こんなところで、偶然」

テーブルの横を通り過ぎようとした男性が、声をかけてきた。

「ああ、石川《いしかわ》さん。どうも」

龍己さんが会釈《えしゃく》をする。それから私に、お世話になっている新聞社の人だと紹介してくれた。

石川さんは「奥様とディナーですか、いいですね」と言いつつも、足を止めて喋り出した。

「いよいよ来週から始まりますね、名人戦七番勝負。これに勝てばついに永世名人《えいせいめいじん》！といきたいとこですけど、今回の挑戦者は鳳《おおとり》二冠ですからね。相当白熱した勝負になりそうですね～」

「相手が誰だろうと、僕はいつだって全力ですよ」

「ははは。さすが久我名人だ。でも将棋ファンは期待してますよ、もと名人との永世をかけた激戦！　いやあ、楽しみだ」

ふたりの会話を聞いて、私はハッとする。最近自分のことばかりですっかり頭から抜けていた。あと一週間で龍己さんの名人戦七番勝負が始まる。

今回名人位を防衛すれば龍己さんは通算五期保持を達成し『永世名人』の称号を得る。江戸時代から続く名誉ある称号であり、昭和に実力制になってからはたったの六人しか獲得していないすごい称号だ。

しかも今年の挑戦者・鳳さんは現在、棋王《きおう》位と王将位を保持してるベテランの実力者で、彼もまた過去に名人位を通算四期獲得している。つまり今回の名人戦、どちらも『永世』の称号を懸けた戦いなのだ。

例年以上に注目されている名人戦。龍己さんにとって、棋士として歴史に大きく名を刻む大切な対局だ。

……それなのに私は自分のことばかりに夢中で、まもなく七番勝負が始まることすら頭から抜けていた。

愕然とする。いつだって龍己さんのことを応援したい、支えたいという気持ちでそばにいたはずなのに……これじゃあ妻として失格だ。

自己嫌悪に嘆きたい気持ちをこらえていると、石川さんが「おっと、お邪魔しちゃいましたね。それじゃ失礼します」と去っていた。

石川さんが行ってしまうと、龍己さんは「ごめんね、食事中に話し込んじゃって」とこちらを向き直った。

「……それで、さっきの話の続きなんだけど」

再び繰り返されそうになった質問に、私は先回りして笑顔で答える。

「じつはちょっとマタニティブルーだったんです。お産のとき、痛かったら怖いなーって。けどもう平気。今のお話聞いてたら、龍己さんだって頑張ってるんだから私も怖がってちゃいられない！　って、なんだか勇気が湧いてきました」

笑顔で、嘘をついた。これが正解なのかわからない。けど、大事な大事な対局を控えた龍己さんに心配はかけられないから。

これは、情けない私のせめてもの妻の矜持《きょうじ》。

「……そう。なら、いいけど」

そう言って食事を再開した龍己さんはいつものように静かに品よくフォークを口に運んでいたけど、口数はいつもより少なかった。

四月。名人戦七番勝負の幕が上がり、第一局目は龍己さんが制した。

同月下旬、東北で行われる第二局のため龍己さんが東京を発った翌朝、それは起こった。

「真依」

母が、出勤しようと玄関を出た私を門の前で待ち伏せていた。

驚きで声も出せず、私は咄嗟に身を翻し家の中に逃げようとする。けどその前に手首を掴まれてしまった。

「なんて子なの⁉ 親から逃げようとするなんて！」

大きな声を出す母にますます体が竦み、私は青ざめながら「やめて」と声を震わせる。

「知ってるわよ、今日はあの男いないんでしょう？ 棋士がどこで対局するかネットを見ればわかるのね。おかげであんたに会うのに邪魔が入らない日がわかったわ。初めからこうすればよかった」

龍己さんの不在を狙って来訪されたことに恐怖を感じる。間違いなく穏便《おんびん》な話ではない。

「何よ、あんたまだ産まれてなかったの？　孫の顔を見に来てやったっていうのに」

私の大きく膨らんだお腹を見た母が、呆れたように言う。もちろん私は口を噤み続ける。出産予定日なんか、絶対に教えない。

するとこちらの沈黙に苛立った様子で、母は大声を出した。

「なんなの、その態度は！　有名人と結婚したくらいで偉くなったつもり!?　結婚してから親に一度も顔を見せず、子供ができても報せもしないで！　あんたもう離婚しなさい！　それであの男からたんまり慰謝料《いしゃりょう》取ってやればいいわ！」

朝から家の前で尋常じゃない怒鳴り声を出している様子に、ご近所や道を通る人が注目していく。

「やめて、大きな声出さないで。ご近所迷惑だから」

「大声出させてるのはあんたでしょ！　ここの家の嫁は旦那にそそのかされて親不孝をしてますよって、みんなに教えてやるわ！」

「お願い、わかったから。私が悪かったからもうやめて、お願い」

これ以上、ご近所にみっともない騒ぎを見られるのは嫌だ。ましてや龍己さんに悪い噂が立ったりしたら。

「なら、言うことを聞きなさい」としたり顔で言った母に、これが彼女の策略だとわかっていても否応なしに頷く。人目が気になるので、ひとまず門の中に入って話すことにした。

「あんたは離婚して家に戻って来て心太の面倒を見なさい。子供は私が育ててあげるから」

覚悟はしていたけど当然のように言われて、私は精いっぱい首を横に振る。

「そんなことできないよ……！　そもそもお母さんもお父さんも結婚を許してくれたじゃない」

「あのときは勘違いしてたのよ！　娘が有名人と結婚したら、私だってもっとチヤホヤされると思ってた。でもそれも最初の頃だけ。テレビ局にコネのひとつでもできるかと思ったのに、何もありゃしない。おまけにあの男、人のよさそうな顔して頑《かたく》なにあんたに会わせようとしない。金を出すか弁護士を盾にすりゃいいと思って舐めやがって。全部計算違いだよ！」

「何それ……。散々お金までたかっておいて酷い」

「金だってチマチマとケチ臭い。だったら離婚してドカッと慰謝料もらった方がいいわ。そうだ、その金で赤ん坊と遠い場所で暮らすわ。もう心太のお守りはウンザリ！」

自分勝手にも程がある。最初から娘の結婚に自分の得しか考えていなかったうえ、それが思い通りにならないからって離婚させようとして。おまけに暴力を振るう兄を私に押しつけて、自分は子供を奪って逃げようなんて！

「全部、自分が悪いんじゃない。私の人生は私のものなんだから、絶対に帰らない！」

激高《げっこう》して強く言い返した途端、左の頬を叩かれた。勢い余って尻もちをつき、衝撃に唖然とする。

「口ごたえするな！　あんたなんか黙って言うこと聞いてればいいのよ！」

叩かれたショックで、過去のトラウマがドッと甦る。暴力がお腹の子にも及んだらどうしようと思うと、恐怖で立ち上がれなくなりお腹を両手で庇《かば》うのが精いっぱいだった。

そんな私を見て母は「ざまあないね」と鼻で笑うと、勝手に鞄を漁ってスマートフォンを取り出した。そして互いの番号を登録し、ポイっと私のスマートフォンを投げ渡す。

「今日のこと、あの男に言うんじゃないよ。あくまであんたが離婚を希望して家を出るんだ。子供が産まれるまでに籍を抜かないと酷いからね。あの男の留守中に何度だって来て殴ってやる。今度は心太を連れてくるからね」

私の心に恐怖という名の杭を突き刺して、母は帰っていった。私はしばらく立ち上がることができずに呆然と庭に座り込んでいた。動悸が乱れ、体が震える。これからどうしたらいいか考えなくちゃいけないのに、頭が真っ白で思い浮かばなかった。

母に叩かれた頬の腫れは、幸い一日で消えたので龍己さんに気づかれることはなかった。ただ強いストレスのせいかお腹が張ってしまい、しばらく気を揉んだ。

龍己さんが名人戦第二局目も勝って帰ってきたというのに、私はぎこちない「おめでとうございます」を言うことしかできなかった。

龍己さんに全部言いたい。助けてほしい。けど、今は言えない。余計な心配をかけて彼の調子を乱したくない。

とても静かな棋風に反して、龍己さんの調子には波がある。負けが込むことは滅多にないのだけど、追い風のときは竜王戦のときのように圧倒的な強さで勝ち進むのだ。

龍己さんは今、七番勝負を二連勝している。この波を崩すわけにはいかない。私のせいで世紀の大勝負の足を引っ張っては駄目だ。

けど、このときの私は追い詰められすぎてまともな判断もできなければ、何も見えていなかったのだと思う。

翌週。

仕事が終わり帰宅したあと母にメッセージで呼び出された私は、ためらいつつも出掛けていった。

龍己さんは今日は関西での対局日。帰ってくるのは明日の予定だ。彼の不在をわかっていて母は呼び出したのだろう。

会っても悪いことにしかならないとわかっている。けど逆らったら何をされるかわからない以上、行くしかなかった。

呼び出されたのは実家近くのファミリーレストラン。夕食時を過ぎていたので混雑はしていなかったけど、それなりに席は埋まっていた。先に来ていた母の席を探し、向かい合って座る。こちらからなんの用か尋ねる前に、一枚の紙を差し出された。

「どうせまだ書いてないんでしょ。ほら、取ってきてやったから今ここで書きなさい」

それは離婚届だった。ペンを投げ渡されたけれど受け取りたくなくて、腕にぶつかって転がる。俯いたまま動かない私に、母が苛立たし気に舌打ちした。

「あんた、また引《ひ》っ叩《ぱた》かれたいの？　それとも、そんなにあの男から離れたくないなら家ごと燃やしてやろうか。寝泊まりするところがなくなれば帰ってくるしかないもんねえ」

「……犯罪じゃない」

どんどん発言が過激さを増していく母を強く睨みつける。けれどそんな態度が気に障ったのか、母はテーブルをバン！　と叩くと人目も気にせず喚いた。

「親に向かって偉そうな口をきくな！　あんたなんか一生うちに閉じ込めてやる！　心太に殴られてればいいんだ！」

「もうやめてよ、私はあの家には絶対戻らない！　私は自分の人生を生きる、龍己さんと子供と三人で生きていくの！」

心から願う。神様。どうか、私の人生をもう奪わないで。私から大切な人を奪わないで、と。

私が逆らったことに激高した母が、水の入ったグラスを投げつけようと振りかぶる。咄嗟に身構え目を瞑ると、グラスが何かにあたる鈍い音と水の零れる音がした。けれど体にあたった感触はない。

恐る恐る目を開けると、ビショビショに濡れた腕が私を守るように伸ばされていた。

「……龍己さん……」

驚きのあまり目を瞠って呟く。投げられたグラスから私を守ってくれたのは、龍己さんだった。

母も驚愕《きょうがく》の表情を浮かべ固まっている。すると後ろの席からひとりの男性が出てきて、「暴行罪の現行犯ですね。警察に通報します」と言って電話をかけ始めた。

意味がわからずポカンとしていると、こちらを振り返った龍己さんが「怪我は？　お腹は大丈夫かい」と真剣な表情で尋ねた。それにコクコクと頷くと、彼は険しい顔をして母を強く見据えた。

「今まで最後の一線を越えないでいてやったのは、あなたがどんなにクズでも真依さんの親だったからだ。だがそんな甘いことを言わず、もっと早くどうにかすべきだった」

龍己さんの言葉に、驚いて唖然としていた母が眉を吊り上げる。

「……っ、口を出すんじゃないよ！　これは親子の問題なんだからね！」

すると先ほどの男性が、電話を切ってから首を横に振って答えた。

「親子間でも暴行罪、脅迫《きょうはく》罪は適用されます。あなたがグラスを投げつけ久我さんにぶつけた瞬間は店内の防犯カメラに映っていますし、大声で『家を燃やす』だとか『一生閉じ込めてやる』なんてお嬢さんを脅迫していたのは、ここにいる大勢が聞いています。どちらも刑罰が科せられる犯罪ですね」

母は信じられないものを見ているように目を見開いていた。しどろもどろになりながら「こ、こんなの親子喧嘩じゃない。警察なんて大袈裟《おおげさ》な」と口もとを引きつらせると、その男性は名刺を差し出しながら微笑んだ。

「わたくし、弁護士法人に勤めております杉浦《すぎうら》と申します。ご安心ください、わたくしが久我さんと真依さんの代理として刑事告訴《けいじこくそ》いたしますので警察もちゃんと動きますよ」

やがて杉浦さんの呼んだパトカーが到着し、ただただ驚いているうちに、私を苦しめ続けていた母がいなくなった。

いったい何が起きたのか、そのことが冷静になって理解できたのは翌日だった。

龍己さんは知っていた。母が家にまでやって来て私を脅し、暴言を吐いていったことを。

あの日の母は、家の前でも庭でも酷い大声をあげていた。近所にまで声が届いていたようで、ミケちゃんの飼い主であるお隣さんが心配して、龍己さんが帰ってきたときに報せてくれたのだそうだ。

それ以前から私の態度がおかしいことに気づいていた龍己さんは、問題を重く見て知り合いの弁護士と探偵に相談した。私と違って顔の広い龍己さんには、快《こころよ》く力を貸してくれる様々な職種の友人がいる。

探偵は龍己さんがいないときの私の動向を窺っていたので、母に呼び出されて出掛けたのを見てすぐに龍己さんに連絡した。

関西に遠征していた龍己さんが東京に戻っていたのはたまたまだった。偶然対局が午後五時という早い時間に終わり、私のことが心配で新幹線に飛び乗って午後八時過ぎにはこちらへ到着したのだという。そして駅で探偵から連絡を受け、杉浦さんを同行してファミレスへ駆けつけたのが、ことの顛末《てんまつ》ということだった。

暴行罪の現行犯で逮捕された母は、脅迫罪も合わせ刑事告訴されることとなった。

今まで私の親を犯罪者にすることをためらい、なるべく穏便に距離を取ってくれていた龍己さんだったけど、さすがに今回は堪忍袋《かんにんぶくろ》の緒が切れたようだ。示談《じだん》に応じるつもりもないし、過去の虐待も含め悪質性を訴え罰金刑だけで済まないよう杉浦さんが尽力《じんりょく》してくれるらしい。

父と兄がどうなるかは知らない。ただわかるのは、母が刑事罰を受けているのを見て同じ轍《てつ》を踏むほど無分別ではないだろうということだ。

おそらくもう、家族は私に接近してこない。

それは私を悩ませ続けた大きな憂いがなくなった喜ぶべきことなのに。いつもより冷たさを感じる龍己さんの表情が、言葉にできない不安を胸いっぱいに広げた。

「……どうして僕にすぐ言わなかったんだい？」

いつものように居間で座卓を挟んで龍己さんは言った。見慣れたはずの風景に初めて知る緊張を覚えて、手に汗が滲む。

「ごめんなさい……。龍己さん、大切な対局前だから気持ちを乱したくなくて……」

咄嗟に「あ。答えを間違えた」と思った。龍己さんは一瞬「理解できない」という表情を浮かべ、顔を背けると額に手をあてて口を噤んだ。

彼との沈黙がこんなに重いものに感じられたのは初めてだった。壁掛け時計の秒針の音が、やけに煩く耳に障る。

「僕は確かに将棋のことになると周りが見えなくなる困ったやつだよ。けど、身に危険の迫ってる妻子を心配しないほど冷たい男じゃない……！」

龍己さんがこんなに怒っている声を、こんなに悲しんでいる声を、初めて聞いた。

自分の迂闊な言動がどれほど彼を傷つけたのか、思い知って胸が潰れそうになる。

「ごめんなさい、違うんです。私が、迷惑をかけたくなかっただけなの。もうこれ以上、私の家族のことで龍己さんを煩わせたくなかったんです」

「迷惑だと思うなら初めからきみを引き取ったりしなかった。もう何度も言ったはずだ。それに僕たちはもう夫婦なんだ。きみの家族は僕の身内でもある。きみがひとりで抱える問題じゃない」

「でも、でも……母が、ずっと龍己さんにお金をたかってたって……。私、知らなかったです。もう、そんなふうに龍己さんにばっかり迷惑をかけるのは嫌だったから」

「とるに足らない金銭で解決できるなら、それに越したことはないだろう。扶養義務の範疇《はんちゅう》だ、最初から覚悟している。身に危険が及んだり、警察沙汰《ざた》になるよりずっとマシだ」

「でも……」

言葉が宙を空回る。うまく伝えられない。ただ、あなたが大切だった。あなたと子供を守りたかった。それだけなのに。

気持ちばかりが焦ってうまく言葉が出てこない。とうとう声を詰まらせてしまうと、代わりに涙が溢れそうになった。

泣きたくなくて唇を噛んでこらえていると、ハッとした表情を浮かべた龍己さんが私の頭をそっと抱き寄せた。

「ごめん。きつい言い方をした。きみを責めるつもりじゃないんだ。……ごめん」

抱き寄せ、撫でてくれる手は大きくて優しい。それなのに気持ちをわかり合えないままなことが苦しくてたまらず、涙がポロポロと零れてしまう。

「そんなに泣いたら体に障るよ。さあ、温かいものでも飲んで気持ちを休めて。お風呂を用意してくるから、入ったら今日はもう休むといい」

そう言って龍己さんは温かいお茶を淹れてくれると、そのままお風呂の湯を張りに浴室へ行ってしまった。

龍己さんは優しい。こんなときでさえ私の心も体も気遣ってくれる。

それなのに、ふたりの間には埋めようのない大きな溝ができてしまったみたいで。

私は湯気の立つほうじ茶を飲みながら、いつまでも涙が止まらなかった。

ふたりの最善手

「――負けました」

名人戦七番勝負、第四局、二日目。

一二〇手で投了の言葉を発したのは、僕の方だった。

第三局も落とした僕はこれで黒星ふたつ。名人、挑戦者とも二対二となり、白熱した接戦の予感に関係者や記者たちは大いに賑わった。

「お前の将棋にしては随分と煩かった。凪とは程遠い、風浪《ふうろう》だな」

対局後の感想戦で、鳳さんは呟くように言った。その言葉の的確さに、負けたこと以上に傷を負う。

わかっている、自分でも。プロとしてこんな自覚はしたくないけれど、調子が最悪だ。しかもそれを対戦相手に見抜かれ呆れられ、こんなみっともないことはない。

真依さんの母の騒動からひと月近くが経った。あれから僕と真依さんの関係は非常にギクシャクしている。

喧嘩をしているというわけではない。けど、喧嘩の方がマシなのではとも思う。

あの日、僕は真依さんを泣かせてしまった。そのときにドッと押し寄せた罪悪感と自責の念を、今でも鮮明に覚えている。

五年前、雨の下で悲しそうに泣くあの子の涙を止めてあげたいと思って手を取ったのに、僕は真逆のことをしてしまった。彼女の言い分を頭ごなしに否定し、冷たく強い言葉で責めた。威圧的な大人に傷つけられ続けてきた真依さんに、一番してはいけないことなのに。

その瞬間に味わった自分への失望は未だに尾を引き、あのときの彼女の泣き顔がずっと胸を締めつけ続けている。

だがそれだけならまだマシだ。深く反省し、同じ過ちを繰り返さないことを誓えばいい。

僕の中で飲み下せず燻《くすぶ》り続けているのは——真依さんが母親からされた仕打ちを僕に隠していたことだ。

未だに「何故」と苦い気持ちが湧き上がらずにはいられない。五年間そばにいた僕は彼女にとって、そんなに頼りないだろうか。信頼できないだろうか。

真依さんが僕に心配かけまいと気遣ってくれたこともわかっている。けれどそれでも、こんなときに頼られない夫とはなんなんだと思ってしまう。ましてや子供まで巻き込まれるところだったのだ。父親が子を守るのは当然のことなのに。

夫として、子の父として頼られなかったことが、自分でも驚くほどショックだった。理由を聞いたとき彼女は開口一番、僕の対局を気遣った。そのことにもショックを受けた。

確かに真依さんの応援は僕の力になる。けれど、将棋は自分との戦いだ。絶え間ない努力と研究、一局一局に懸ける情熱と集中力。そして敗北して何度心が折れても立ち上がり続ける精神力。それが棋士の〝強さ〟だ。

二十年以上、プロ棋士として第一線で戦い続けてきた。こう見えて僕には〝強い〟という自負がある。けど、彼女の目にはそうは見えていなかったようだ。

妻子を守るという当然の行為が負担になり調子を崩すような、そんな脆《もろ》い棋士だと思われていたことが悔しかった。

真依さんに悪意はもちろんない、侮辱しているわけでもない。彼女なりの心遣いだということもみんなわかっている。これは僕の問題で、勝手にプライドが傷ついただけだ。

だからこそショックを受けた自分の小ささが情けないし、何よりあの日から調子がガタ落ちしているのが格好悪すぎる。

真依さんはきっと自責の念に囚われているだろう。あの日以来この七番勝負で僕に黒星がふたつも付いたことを。彼女にそんな気持ちを抱かせてしまっていることが、本当にもういたたまれない。穴があったら入りたいというのは、まさにこういう気持ちだ。

反省、後悔、自責の念。ショック、悲しみ、悔しさ、プライド、情けなさ、いたたまれない気持ち。色々な感情が混じり合って濁った塊《かたまり》になって、胃の下の辺りに沈んでいる。何をしていてもどことなく体が重くて、思考が深く沈みきれない。

「……嫌になるな」

対局後、着替えに戻った旅館の自室で吐き出すように呟く。

置いておいたスマートフォンの確認をし、真依さんからメッセージが来ていないことに、ホッとしてしまう。

もし『私のせいでごめんなさい』などと謝罪のメッセージが来たら、僕は自分の不甲斐なさのあまり東京へ帰ることができなくなるだろう。

そんなことで安堵している自分がまた情けなくなり、深くため息をついた。

第四局の対局場だった東海《とうかい》地方から帰ってきた僕は、自分の家の門の前で立ち尽くす。

負けて帰ってきても気にすることなど今までなかったのだけれど、さすがに今日は足が重い。僕の負けを気にしているだろう真依さん、格好悪い自覚のある僕、なんとも顔を合わせづらい。

もう何度目かもわからないため息をついたとき、耳慣れた「にゃーん」という声が足もとから聞こえた。

「やあ、ミケさん。こんにちは」

挨拶をするとミケさんは珍しく僕の脚に纏わりついてきた。

「中に入りたいのかい？　残念だけどもうしばらく我慢しておくれ。子供が産まれて少し大きくなったら、また遊びに来ていいから」

屈んで手を伸ばすと、これまた珍しくミケさんはおとなしく撫でられた。まさか気落ちしている僕に同情してサービスしてくれているんだろうか。

「……ミケさん。きみは僕の知らない真依さんの顔を知っていそうだね。僕が留守の間、彼女は元気にしていたかい？　それとも情けない僕の姿をテレビで観てガッカリしていたかな」

動物のフワフワした手触りは、確かに癒《いや》しの効果があるなと思った。撫でているだけで少し心が和らいで、思っていたことを聞いてもらいたくなる。

「夫婦とは難しいね。お互いを大事に想っているのは確かなのに、噛み合わなくなるときがある。こんなときは二十二歳も年上の僕が大きく構えるべきだって、わかっているんだけどね。真依さんのことを愛しているからこそ、飲み下せない気持ちもあるんだ」

「にゃーん」

ミケさんは律義《りちぎ》に返事をしてくれる。しかし猫語を解せない僕は彼女がなんと言ってるかわからず、やがてサービスタイムを終えたミケさんは通常通り僕の手に猫キックを浴びせて去っていってしまった。

いつまでも門前にいても仕方ないので、気合を入れて家へと入る。「ただいま」と玄関を開ければ「おかえりなさい。お疲れ様でした」と真依さんが出迎えてくれた。一生懸命作ってくれた笑顔には、『どんな顔をしたらいいのかわからない』と書いてある。

「留守の間、体調は大丈夫だったかい」

「はい。平気です」

「そう、よかった」

「はい……」

真依さんのお腹はだいぶ大きくなった。あと一週間で臨月に入り、同時に仕事も産休に入る。

男である僕には一生体感できないけど、華奢な体に大きなお腹は見るからに重たそうだ。バランスを取って歩くのも難しそうに思える。

その大きなお腹に小さな命が息づいているのだと思うと、愛おしさがいくらでも込み上げてくる。思わず触れたくなって手を伸ばしかけ、自分の手が傷だらけなことに気づいて引っ込めた。

「手を洗ってくる。さっきミケさんに引っ掻かれちゃったんだ」

お土産の紙袋を渡し、洗面所へと向かった。

手を洗い流しながら、真依さんとのさっきのやりとりを思い出す。

僕も彼女も、喧嘩が下手だ。いや、こんな未熟なやりとり喧嘩ともいえない。いつまでもギクシャクしてるくらいなら、お互いに思うことを曝《さら》け出し合えばいいのにと我ながら思う。

だが口に出せば多少なりとも感情が籠もり、彼女を脅《おびや》かすかもしれない。わかり合いたい思いと傷つけたくない気持ちをどう伝えればいいのか、考えあぐねているのが正直なところだ。

——ぶつかり合えないのなら、時間をかけて飲み下すしかない。

そう結論づけて、胃の下で渦巻く重い気持ちを撫でさすった。


今年の梅雨入りは例年に比べ随分と早いようだ。

まだ六月に入ったばかりだというのに、雨が降ったりやんだりを繰り返している。

静かに降り続く雨ならば情緒《じょうちょ》もあるが、曇りがちで不規則な天気はどことなく人の焦燥感を煽《あお》り不快にさせる。

「ん、少しやんだか。とはいってもすぐまた降ってくるんだろうけどな」

窓辺に立ってぼんやりと外を眺めていた僕に、鶴見がそう話しかけてきた。

「そうだね。雲が厚い。一時的に切れ間に入っただけみたいだ」

空一面を覆う鉛色の雲の僅かな隙間。あまりにも小さなそれは束《つか》の間《ま》の休息にもならない。眺めている間にも、再びぽつぽつと雨の雫が落ちてくる。

「いつまで見てるんだ。ほら、感想戦始めるぞ」

鶴見の言葉で僕は振り返り、将棋盤の前の座椅子《ざいす》に座った。

今日は鶴見の家で研究会をしている。とはいってもふたりだけなのでVS（一対一の対局練習）なのだけど。

同い年の鶴見とは奨励会の頃から一緒で、現役棋士の中では一番長い付き合いだ。彼のスタイルは居飛車党で、鳳二冠の戦い方と似ている。

つい先日、名人戦七番勝負第五局でみっつ目の黒星がついた僕はさすがに焦燥を募らせ、鶴見に仮想鳳二冠として対局練習と研究を申し出た。

そんなわけで今日は鶴見のマンションで、朝からずっと指し続けている。ふたりであーでもないこうでもないと論じ合いながら三局ほど指し、鶴見が淹れてくれたコーヒーを飲みながらさっきの対局の感想戦を始めた。

「鳳さんだったらここは8五歩じゃないかな」

「いいや、あの人もお前の研究はし尽くしてるんだ。お前と角換わりで殴り合うような勝負はしねえよ」

「なら端歩《はしふ》で――」

駒の並んだ将棋盤を前のめりに見つめながら考えていると、頭の上から「浅いな」と呆れた声がした。

「現名人とは思えない浅い読みだ。上《うわ》っ面《つら》の手でしか考えてない。そりゃ黒星もみっつ付く」

率直な友人の言葉に、僕は苦笑するしかなかった。

コーヒーに砂糖とミルクをこれでもかと入れて飲み干し、ひといきついてから「せっかくVSに付き合ってくれているのに、こんなザマで申し訳ない」と謝る。

鶴見は姿勢を崩し座椅子の上で立て膝をつくと、頬杖をついて聞いてきた。

「子供産まれるのもうすぐだっけか。それで気がそぞろになってるのか」

「いや……。それはむしろ励みになってるからいいんだが……」

「じゃあなんだ」

「……夫としての不甲斐なさに自信を失くしてる」

こんな話を他人に打ち明けるのは気が引けたが、ここまで不調を見抜かれているのなら恥のひとつやふたつ増やしても変わりないかと開き直った。そもそも鶴見は十代の僕の一番みっともない時期をそばで見ている。今さら格好をつけたところで意味がない。

「四十五にもなって贅沢な悩みだな。そんな初々しいのはもっと若いやつが悩むことじゃないのか」

「四十五だから悩むんだよ。いざというとき妻に頼られない二十二歳も年上の夫なんて、意味も価値もないと思わないか。それだけでも情けないのに、そのことを大らかに受けとめられない自分の器の小ささにも失望してる」

話しながらも、僕らは盤の上の駒をパチパチと動かしだした。こちらの振り飛車に対して鶴見が鉄壁の穴熊囲いを展開する。

「……昔から思ってたけど、お前って人の良さそうな顔して結構独善的《どくぜんてき》だよな」

「え？」

思いも寄らなかったことを言われ、思わず顔を上げる。

「二十二歳年上だから必ず頼らなくちゃいけないってのが、もう完全にお前のルールだろうが。嫁さんには嫁さんなりの戦い方や強さがあるだろうに」

「……」

目から鱗《うろこ》だった。

〝守る〟ことから始まったこの結婚。矢面《やおもて》に立ち戦い続けるのが僕の役目なのだと信じて、疑ったこともなかった。……真依さんが真依さんなりに考えて戦う姿を、彼女の強さというものを、僕は考えたことがあっただろうか。

衝撃で唖然としながらも、脳は勝手に最善手を考え駒を進める。穴熊の堅い守りを突き崩そうと、僕は四間飛車で攻める。

「いくら年下だって、嫁さんだって年をとるんだ。結婚したときは何も知らない未成年でも、今はもう仕事もして子供まで産もうとしてるんだ。十分大人だろ。対等な大人として見てやれよ」

その言葉に、記憶の蓋が開いて五年間の真依さんの姿が瞼《まぶた》の裏に浮かんだ。

あれは、確か三年前の夏。ふたりで花火大会に行ったとき、憎まれ口を叩いてきた男に真依さんが激高したことがあった。

あのとき僕は言った。『強くなったね』と。

彼女は成長している。自由を手に入れて自分を取り戻し、大切なものを自分の力で守りたいとさえ思えるほどに。

――真依さんは弱くない。

どうしてそんな当たり前のことを見失っていたんだろう。

彼女は僕のために見知らぬ男に怒ることも、自分だけの武器で僕を応援することも、つらい記憶を乗り越えて母になるのをためらわないことだって、できるのに。

「は……、はは……」

なんだか自分が滑稽《こっけい》で、笑いが込み上げてきた。

あまりにも真依さんが愛しかったから、あまりにも毎日可愛くてたまらなかったから。もう羽ばたける彼女を雛《ひな》扱いし、腕に閉じ込めてしまっていた。

僕が真依さんと子供を守りたいように、真依さんも僕と子供を守りたかったんだ。

どうしてそんな当たり前のことがわからなかったんだろう。そして僕は彼女を責める前に、母親と対峙《たいじ》できるほど強くなった彼女をどうして褒めてやらなかったんだろう。

愛するゆえの驕りだ。真依さんが強くなり家族の呪縛から解き放たれることを望んでいたのに、いつからか彼女が傷つかないことが最善手だと思い込んでいた。自分ひとりで戦えばいいと、彼女に黙って行動をしていた。

独善的。まさにそれに尽きる。

「……鶴見の言う通りだ。真依さんは頼らなかったんじゃない。僕のためにひとりで立ち向かおうとしてくれていたんだ。そんなこともわからず責めてしまった僕は、なんというか本当に……未熟だ」

もとから抱えていた罪悪感が倍になって膨れ上がる。けどそれと同時に、真依さんへの愛しさが二倍にも三倍にも膨らんだ。

諸々の恥ずかしさで顔を両手で覆ってしまうと、可笑しそうな鶴見の笑い声が聞こえた。

「反省するなら嫁さんの前でやれ。おっさんの赤くなった面《つら》なんか俺は見たくないぞ」

呆れた笑みを浮かべながら、鶴見は駒を動かす。

一時間後、ついに僕が硬い穴熊囲いを突き崩すと、決着のついた勝負に鶴見はフンと鼻を鳴らし、「負けました」と投了した。

「まったく、お前は将棋なら相手の戦法に合わせて攻め崩す柔軟さがあるのに、女性のことになると『答えはこれしかない』とすぐ思い詰める。将棋も女性も、相手は人間だ。持ち時間いっぱいまで最善手を考えればいいのは、どっちも同じだろう」

鶴見は丸めていた背中を思いきり伸ばしながら言う。あまりにも的確なその言葉に、僕は反省して頷くしかない。

「そろそろお開きにしようぜ。俺は明日も対局だ、そろそろ自分の研究に時間を使わせてくれ」

「ああ、すまない。こんな時間まで付きあってくれてありがとう」

窓の外は相変わらずの雨だ。けれど少し雲が薄くなったのか、空が明るい。微かに夕焼けの気配がする。

「今度礼をするよ。ご飯でもVSでも付き合うから、いつでも言ってくれ」

玄関先でそう言えば、「うまい酒が飲みたいな。永世名人の就位式でうまい酒振舞

って くれ」と返された。
友の激励に深く頷き、家路へと着く。胃の下にとぐろを巻いていた重い気持ちは、ただむず痒く、熱い何かに変わっていた。

◆◇

鍋から立ち昇る湯気が、換気扇に吸い込まれていく。

いつものように台所に立ち晩ご飯の支度をしながら、私は時々手を止め消えていく儚い湯気を見ていた。

今日のおかずは和風ハンバーグ。以前作ったとき龍己さんが喜んでくれたメニューだ。けれど……暗く沈んだ気持ちが包丁を持つ手を何度も止める。

龍己さんの好物、作ったところで意味はあるのかな。そんな悲しくて虚しい考えが頭をよぎる。

母の件以来、私と龍己さんの関係はおかしくなってしまった。

表面上は普通に接しているのだけど、お互い本音で話し合えなくなってしまった気がする。その原因を作ったのは私だ。

無力なくせに母のことをひとりで解決しようとして拗らせて、結局何もかも龍己さんに頼ることになってしまった。情けない結末の上、龍己さんは相談しなかったことをとても怒った。当然だ、子供にまで危険が及ぶところだったのだから。

私なりに夫と子供を守りたかった。間違っていたとわかってる。けどその気持ちだけはわかってほしかったのに、言葉が空回ってうまく伝わらない。

それどころか途中で涙が溢れてしまい、優しい龍己さんはそこで話し合いを終えてしまった。

あれから一ヶ月以上が経つのに、私は結局言いたかったことを伝えられていない。

あの日から龍己さんが話す言葉には、どことなく距離を感じる。……多分、私が泣いてしまったことを気にして言葉を選んでくれているのだろう。

私も伝えきれなかったけれど、龍己さんもきっと口に出せていない気持ちがまだたくさんあるのだと思う。

それなのに私たちは本音で話せない。傷つけたくない、これ以上すれ違いたくない臆病《おくびょう》な気持ちと隠した本音が距離を作り、ますます口を噤ませている。

「はぁ……」

大根をおろしていた手を止め、ため息を吐き出す。

虚しい。料理を作っても、龍己さんの「美味しいよ」が気遣いに聞こえてしまう。もう私たちは素直な言葉で気持ちを伝えあうことができないのかと思うと、つらくてへたり込んでしまいそうだった。

「ただいま」

玄関の開く音と、龍己さんの声が聞こえた。私は慌ててお味噌汁をかけていたコンロの火を消し、廊下へと出ていった。

龍己さんは今日は鶴見さんのところへ行くと言っていた。きっと名人戦の対策を研究しに行ったんじゃないだろうか。

大事な大事な名人戦。対局は第五局目まで続き、龍己さんは三敗を喫《きっ》してしまっている。……私とゴタゴタしてしまったあとからだ。

もちろん彼は何も言わないけれど、私は申し訳なさに毎日胸が苦しい。けどここで「ごめんなさい、私のせいで」なんて謝ったら彼のプライドを酷く傷つけることくらいわかっている。

だからやっぱり口を噤んでしまうのだ。どの言葉が正解なのか、もうわからなくて。

「おかえりなさい」

玄関の前まで出迎えると、龍己さんはもう一度「ただいま」と言った。そして私を見つめて、目を細める。

その笑顔に最近感じていたぎこちなさはなく、温かな安心感が自然と湧き上がる。

「龍己さ……」

呼びかけようとしたとき、彼の腕が伸びて私を抱きしめた。

優しく胸に包み、しなやかな手がそっと頭を撫でる。彼の胸からは雨上がりの草木の匂いがした。

突然抱きしめられ、どういうことかわからない私はそのまま固まってしまった。けれど、こんな優しくて素直な抱擁はあの日以来初めてで、嬉しくて胸がキュッと締めつけられる。

「ごめん、真依さん。僕はきみのことをちゃんとわかろうとしていなかった」

私を抱きしめたまま、龍己さんが語る。

「きみにはきみの強さがあるのに、僕はきみが可愛くてがむしゃらに守ろうとしていたんだ。そんなのはおかしいのにね。夫婦がどうのこうのと説いておきながら、僕は独善的な庇護を押しつけていただけだってようやく気づいたよ。本当にごめん」

「龍己さん……」

「みっともないね、僕は。いい年をして妻を上手に愛することもできない。……けど、あきらめないよ。僕はきみとの最善手を探し続ける。もっときみを愛して、もっときみを幸せにできるよう、みっともなくても足掻《あが》き続けたいんだ」

彼の背に回した私の手に力が籠もり、ギュッとシャツを掴む。

離れていた心に龍己さんが橋を架《か》けてくれたような気がして、こらえていた想いが涙になって溢れ出した。

「龍己さぁん」

ボロボロと大粒の涙が零れ、止められなくなった。龍己さんは驚いた顔をしていたけど頭を撫で続けてくれて、抱きしめた腕を緩めはしなかった。

「私、私……龍己さんが好き。ずっとずっと大好き。だからあなたの力になりたいって、いつも思ってて。私……自分の力であなたと子供を守りたかった。龍己さんの優しさにつけこむ母が許せなかった。腹が立って、悔しくて。私が戦わなくちゃ駄目なんだって思ったけど、うまくいかなくて……」

伝えたかったことがあとからあとから出てくるけれど、やっぱり言葉にするのは難しくて支離滅裂になってしまう。それでも龍己さんは「うん、うん」と頷いて話を聞き続けてくれた。

「勝手なことしてごめんなさい。子供まで巻き込んでしまったのに、相談しなくてごめんなさい。今まで気持ちを上手に伝えられなくてごめんなさい」

私を抱きしめる腕に力が籠もる。龍己さんは頭を撫でながら私のつむじにキスをすると、そのままおでこや頬にも唇を這わせた。

「一生懸命僕を守ろうとしてくれてありがとう。真依さんが母親に立ち向かえるほど強くなったことが、僕は嬉しいよ。ただ……」

こめかみに口づけながら話していた彼の言葉が、ふと途切れる。少し言い淀んでいる気配を感じて、私は顔を離して涙を拭うと彼を真っすぐに見つめた。

「龍己さん。私、夫婦喧嘩がしたいです。ちゃんと言いたいことを言い合って、気持ちをぶつけ合うの。龍己さんは優しいから私が泣くと言いたいこと我慢しちゃうけど、我慢しないでほしいんです。龍己さんの優しさは何度も私を救ってくれたけど……でも、あなたの本当の気持ちがわからなくなる方がつらい」

ようやく、伝えたかったことが全部伝えられたと思う。

救ってもらったことから始まった結婚だけれど、今は本当の夫婦になったと信じている。救う者と救われる者の関係ではなく、私は彼と同じ目線に立ちたい。共に手を取り合い、花も嵐も踏み越えられる夫婦になっていきたい。

私を見つめ返していた龍己さんの顔が、目尻に皺を寄せて綻ぶ。

「本当にきみは……強くなったね。ううん、本当は最初から強い人なんだ。僕はそんなきみが、愛おしい」

再び抱き寄せられ、今度は唇を重ねられた。何度も繰り返し重ねられ、頬や鼻先にまで落とされたキスからは、龍己さんのありったけの想いが伝わってくる。

「それじゃあ本音を言わせてもらうよ。強い真依さんは好きだけど、やっぱりひとりで危ないことはしないでほしい。夫婦の問題だとしても、きみひとりの問題だとしても、僕はきみが傷つくと悲しいんだ。僕にできる範囲で助けさせてほしい」

さっき言い淀んだ言葉の続きに、私は微笑んで頷く。

「はい。今度からはそうします。私もまだひとりじゃ何もできないって身に染みました。困ったときは龍己さんに相談します」

素直に答えると、龍己さんは「うん、うん」と満足そうに頷いて頭を撫でてくれた。

母の一件以来、硬く冷たくなっていた心がようやく溶けていく。

愛されている、愛している。伝わり合うその想いが、クシャクシャになっていた私の自信を強く立て直した。

「龍己さん、大好き」

嬉しくて目を細めれば、残っていた涙が目尻から滑っていく。龍己さんはそれを人差し指で拭って、涙の痕にキスをしてくれた。

「さあ、ここは冷えるから部屋に行こう」と龍己さんは肩を抱いて歩き出そうとした。

けれど、私は足を止めて彼を見上げる。

「どうしたの？」

「あ、あの……」

じつは私にはもうひとつ、言い出せずにいたことがある。この機にそれを打ち明けたくて、思いきって口を開いた。

「えっと、じつは今、新しい着物を縫ってるんです。龍己さんの羽織袴を……」

和裁縫士技能試験の一級を取ったら、彼に新しい着物を縫おうと決めていた。それなのに母の件があって余裕がなく、手をつけられずにいたのだ。

けれど名人戦で調子を崩している龍己さんを見て、居ても立ってもいられなくなった私は先週からついに着手した。

七番勝負のうちに仕上げられるかもわからない、そもそも急に作って着てもらえるかも不明だ。それでも作らずにはいられない衝動に駆られて、針を動かし続けている。

「もしよければ、名人戦で着てほしいです……！」

そう申し出た私に、龍己さんは最初驚いた顔をしていたけれど、すぐに快く答えてくれた。

「ありがとう。大丈夫だよ」

……けど。我儘な私のお願いはそれだけじゃない。

「でも、ごめんなさい。来週の第六局目には間に合わないんです。だから……勝ってください、第六局！　それで必ず、次の第七局で着てください！」

こんなことを言っていいのか、さすがに迷った。

『勝ってください』なんてプレッシャーをかけるようなことを迂闊に言っていいわけがないのだから。

だけど、勝ってほしい。龍己さんなら勝てると信じている。私は彼の静かな闘志が棋盤を制するところを、もう一度見たい。

不躾《ぶしつけ》ともいえるお願いに龍己さんは目を見開いて驚いていたけれど、やがて口角を上げると私の頬を撫でて言った。

「――勝つよ」

その声は穏やかだけれど低く、力強かった。

見つめ返してくる眼差しに、いつの日か胸ときめかせた凛とした闘志が滾《たぎ》るのを感じて、私は彼がその約束を違《たが》えないことを確信した。

最高の一日

「……勝った……！」

名人戦第六局目。『はく沢』で女将さんと一緒に中継を観ていた私は、鳳二冠が「負けました」というのを聞いて、女将さんと手を取り合って喜んだ。

「すごい、龍己さん、すごい！」

「やったねえ、久我名人！　これであとひとつ勝てば永世名人じゃない！」

お座敷できゃあきゃあと声をあげていると、厨房《ちゅうぼう》で仕込みをしていた大将が出てきて「お、勝ったのか！　よかったなあ！」とノートパソコンの画面を覗きにきた。

今日は『はく沢』は定休日。女将さんのお誘いで私は晩ご飯のご相伴《しょうばん》に預かると共に、一緒に龍己さんの対局中継の観戦をしにきた。

臨月に入ってからというもの、女将さんは私の体を心配して家までお料理や果物の差し入れに来てくれたり、龍己さんが遠征でいない日はこうして晩ご飯に招待したりしてくれている。

頼れる親族のいない私にとって、女将さんの親切はとてもありがたい。すでに成人した息子さんがふたりもいる女将さんは、これから初産《ういざん》を迎える私にとって頼もしい大先輩だ。日頃から気遣ってくれるだけではなく、もし龍己さんがいないときに産気《さんけ》づいたら病院に付き添うとまで約束してくれている。

そんなにお世話をかけてしまっていいのかと恐縮したけれど、女将さんは『いいの、いいの。久我名人とは長い付き合いなんだし。それにあたしは生粋《きっすい》のおせっかいだから、こんな若いお嫁さんがおっきいお腹抱えてひとりでいるの黙って見てられないのよ』と笑って言ってくれた。

そのお言葉に甘えて、私は龍己さんが遠征の日はこうして女将さんのもとへよくやって来ている。今日は定休日でしかも龍己さんの第六局目の対局日ということもあり、夕方からずっとふたりでパソコンの前に釘づけだ。

「それにしても久我名人ってばすごいねえ。あんなおっかない人を前にして一歩も気迫負けしてないんだから。うちに来るときはいつもニコニコフワフワしてるのに、勝負のときはまるで別人だよ。やっぱりプロだねえ」

つくづく感心したように女将さんが言う。

「鳳二冠、お顔がちょっと怖いですよね。五十六歳の大ベテランだそうですけど、昔からお顔の圧がすごくて棋士の間では『鬼瓦』って呼ばれてたそうですよ」

私はやりかけていた絹さやの筋取りの続きをしながら、そんなことを話した。いつもお世話になりっぱなしなのも心苦しいので、お招きしてもらったときはこんなふうに野菜の下処理や割り箸の袋入れなど簡単なお手伝いをさせてもらっている。

「あはは、確かに鬼瓦って顔だわ。その鬼瓦を負かしちゃうんだから、やっぱり久我名人は大したもんだよ」

女将さんが笑っていると画面を見ていた大将が「顔なんて関係ねえんだ、戦う男はここで勝負よ」と自分の胸をバンバン叩いてみせた。

画面の向こうで龍己さんはまだ気を張った表情をしていて、記者に声をかけられると僅かに安堵の笑みを浮かべたけれど、その瞳から闘志の炎はちっとも消えていないように見えた。

名人戦七番勝負はそれぞれ三勝ずつとなり、第七局までもつれ込むこととなった。まさに激戦。将棋関連以外の情報番組でもこの話題は取り上げられるようになり、にわかに将棋ブームまで巻き起こした。

最後の第七局は六月二十日、二十一日。開催地は東北《とうほく》の老舗ホテル。雌雄《しゆう》を決する最後の一局に日本中が注目しようとしているとき。私と龍己さんは産科の定期健診で驚愕の表情を浮かべていた。

「六月二十日……ですか？」

「大体それぐらいかなー。六月に入ってから赤ちゃんだいぶ大きくなってきたからね。今出てきても平気なくらいだけど、まああと十日前後ってとこかな。破水に備えていつでも入院できる準備しておいてくださいね」

お医者さんはエコーをマジマジと見ながらそう言った。

六月末と言われていた出産予定日が十日も繰り上がり、私と龍己さんは内心めちゃくちゃ焦る。

「思いっきり被りましたね……。でもこれって多分、縁起がいいような気がします」

帰りのバスの中で、私はなんとか落ち着こうと前向きになる理由を探した。

けれど隣に座る龍己さんは明らかにソワソワと落ち着きがない。私のお腹を撫でては「六月二十日……」と呟いている。

名人戦は二日にわたって行われるうえ、前日には前夜祭などの催《もよお》しもある。移動日を含めて四～五日は留守にすることは確実だ。産科の先生の見立て通りなら、まず間違いなく龍己さんは出産に立ち会えない。

「……ごめん。初産の妻のそばにいてやれないなんて、僕は夫失格だ……」

私より遥かに動揺している龍己さんを見て、申し訳ないけれど笑いが込み上げてしまう。

「もう、どうして龍己さんが謝るんですか。きっと赤ちゃんはパパの応援がしたくて、その日に合わせて出てきてくれるんですよ。だから喜びましょう」

そう励ますと彼は僅かに微笑んだものの、「でも。僕がいないときに何かあったら」と再び心配そうに眉根を寄せた。

「大丈夫です！　お医者さんも助産師さんもいるし、もし龍己さんがいないときは『はく沢』の女将さんが病院についてきてくれるって言ったじゃないですか。だから、私を信じて戦ってきてください。私も赤ちゃんも頑張りますから」

医療が発達したとはいえ、お産は何があってもおかしくはない。そんなことは百も承知だ。怖くないと言ったら嘘になる。

けれど、だからって龍己さんの手を捉まえてたって仕方ない。産むのは私なのだから。そしてそばで励ましてくれるよりも、遠い地にいても自分の戦いに全力で挑む姿の方が、きっと私には勇気になる。

力強く言い切った私に、龍己さんは眉尻を下げて微笑む。

「格好いいな、きみは。……ああ、僕も負けていられないね。産まれてくる子に恥じない姿を見せなくちゃ」

ようやく腹を括《くく》ったようで、落ち着きを取り戻した龍己さんは優しく私のお腹を撫でる。そして「パパもママも頑張るよ。だからきみも一生懸命元気に産まれておいで」と、慈しみに満ちた眼差しで語り掛けた。


今回、私が新しく作った龍己さんの着物は夏用の単衣《ひとえ》。まだ六月なので透け感の強い紗《しゃ》ではなく、フォーマルでも通用する絽《ろ》の正絹《しょうけん》を選んだ。

前回は白系と翠でまとめたけれど、今回は金色系で上下ともまとめる。

羽織と着物は限りなく白に近い薄金。光の中で翻したとき、その輝きがわかる。袴は茶色に近い金色。榛摺色《はりずりいろ》とでも言おうか。黒の縦縞が入っていて、足もとに向かって黒くなっていくグラデーションになっている。

上下とも金色ではあるけれど、あくまで上品に。そして渋みも醸し出せる生地を選んだ。

そして羽織紐は私の好きな臙脂色。明るすぎない色を選んでバランスを調整した。

龍己さんは今、現役棋士では最多の三冠を保持している。そして今まさに永世名人に手をかけている彼には、王者の装《よそお》いが相応しい。

強く美しい王に。そんな祈りを籠めて縫った自信作だ。

試着したときに龍己さんは姿見に映った自分を見ながら、「……これは気が引き締まるね……」と独りごとのように呟いた。そのとき刹那口角を上げた顔はまるで勇み立つようで、私はこの贈りものがきっと彼の力になると思えた。

六月十九日。

龍己さんは私の作った着物を持って、戦いの地へと赴いた。

玄関で何度もキスをし、お腹の子をたくさん撫でて、それから私の手を取って祈るように両手で包んで口づけてから「いってきます」と発っていった。

翌日、私は朝からネット中継に齧《かじ》りついた。対局開始は午前九時。中継では両者が対局室へ入るところから放送してくれた。日が当たるたび淡く光る衣を纏った龍己さんを、「久我名人の本日のお着物は、和裁縫士の奥様の新作だそうです」と現地のリポーターが解説した。

広々とした和室に、挑戦者と現名人が将棋盤を挟んで向かい合う。

辺りの空気まで清浄にするような凛とした佇まいの龍己さんと、滾る気持ちをこらえるかのように厳《いか》めしい顔で目を閉じている鳳二冠。

龍己さんが〝凪〟の人なら、鳳二冠は〝灘《なだ》〟という字が相応しい。風浪激しく速い潮流は船をも呑み込む。黒の和装を纏う彼の雰囲気も攻撃型の棋風も、まさにすべてを呑み込み勝ち得ようとする恐ろしい灘のようだ。

そして午前九時。両者「お願いします」の挨拶と共に、名人戦七番勝負、最後の幕が上がった。

「頑張ってください、師匠！」

「久我さんファイト！」

賑やかな声をあげながら居間で一緒に観戦しているのは、亀梨さんと卯野さんだ。『はく沢』が営業中で女将さんが私のそばにいられないこの時間、龍己さんは私をひとりにしておくのが心配だったみたいで、亀梨さんと卯野さんにうちに来るよう言っておいてくれた。

ひとりではどうしても対局とお産のことで緊張してしまうので、賑やかな彼らが来てくれてよかったと思う。ちなみに鶴見さんは今日の対局の大盤解説に抜擢《ばってき》されたので、龍己さんと一緒に会場にいる。

「奥さん、産まれそうになったら言ってくださいね。すぐ救急車呼びますから」

「馬鹿、卯野違うぞ。お産のときは救急車じゃなくタクシーで行くんだよ。……ですよね？」

対局中継に夢中になりつつ、ふたりは私の体を気遣ってくれる。

「はい、そうです。でもタクシーなら自分で呼べるんで、万が一のときには救急車お願いしますね」

「万が一ってなんですか、怖いこと言うのやめてくださいよぉ」

「無事に安全に産まれるよう、俺お祈りしますから」

対局とお産の予感にハラハラしつつ、結局何事もないまま夕方を迎えた。

午後六時半。龍己さんの封じ手で一日目は終了した。勝負は今のところ互角。生粋の居飛車党の鳳さんに、龍己さんも居飛車をぶつける相居飛車の形で勝負は進んだ。

時間が進むにつれて両者長考の熱戦に、観ていた私たちも中継が終わるとグッタリと疲れてしまっていた。

「腹減りましたね。そろそろ『はく沢』に行きましょうか」

晩ご飯は女将さんのところで食べる予定になっていたので、みんなで移動しようと立ち上がる。……と、そのとき。

「……あれ？」

お腹の軽い痛みに、私は気がついた。

そういえば中継を観ていたとき、不規則にお腹が張っていた気がする。もしかしたら、多分これは。

止まってしまった私に、卯野さんが小首を傾げ、亀梨さんが「どうしました？」と声をかける。

「多分……陣痛が始まったかも」

「えっ‼　え、えぇっ⁉」

ふたりは飛び上がるほど驚いて、居間を右へ左へとオロオロと駆け回った。

「えっと、えっと、タクシーでしたっけ！」

「わ、わ、そうだ、連絡！　久我さんに電話！」

動揺してスマートフォンを取り出すふたりを、私は慌てて「待って、まだ早いです！」と止めた。

「病院へは陣痛が十分間隔になるか破水してから来るように言われてるので、まだ大丈夫です。龍己さんへは……私から連絡させてください」

そう説明するとふたりはコクコクと頷いて、少し落ち着きを取り戻した。

念のため晩ご飯はうちでとると女将さんにメッセージを送ると、彼女はわざわざ食事を届けに来てくれた。そのうえ泊まり込みで私に付き添ってくれたのだから、本当に感謝しかない。

食事もしっかり摂り、お風呂も入って、入院の準備も万端《ばんたん》。

そうして気合を入れて眠った翌朝。陣痛の感覚が十分おきになったのを確かめて、私は龍己さんへメッセージを送った。

『おはようございます。陣痛が来たのでこれから病院へ行ってきます。私も赤ちゃんも頑張ってくるので、龍己さんもどうぞ力を出しきってください』

送信してから、時間が少し遅かったかなと思った。対局開始十五分前。もしかしたらもう部屋を出たかもしれないし、メッセージに気づかないかもしれない。

だとしたら、きっと対局後にさぞかし驚くだろう。その頃にはもう産まれてて二重にびっくりするかもしれない。

それは少し笑ってしまうなと思いながら、あと数時間後には赤ちゃんが産まれ、龍己さんの対局に決着がついてるのだと思うと緊張で胸がドキドキとした。

◆◇

そのメッセージを見た途端、胸がドキドキとした。

この数日で産まれるだろうという覚悟はしていたけど、いざ目の前に迫ってくるととんでもなく気持ちが高揚した。

すぐ電話をしようとしたが、もう対局開始時間が迫っている。メッセージを返信しようとしたけれどなんて打てばいいか迷っているうちに時間が過ぎ、何も返せなかった。

対局場へ向かう途中も、興奮で足もとがフワフワしていた。脳がハイになっているのか、目に映る世界がやけに鮮やかに感じられた。

もうすぐこの星に僕と真依さんの子供が誕生するのだと思うと、信じられないくらい幸福な気持ちが込み上げてくる。ああ、早く会いたい。産まれてくる子供に、そして母となる真依さんに。

願うのはただひとつ、母子共に健康であること。それだけだ。

対局場に着き、すでに着席している鳳さんの前に座る。

不思議だ。昨日はあんなに感じた彼からの威圧感が、今日は何も感じない。

視界が明るい。昨日あれだけ頭を悩ませた棋盤に、次から次へと手が浮かんでくる。

気持ちが最高に浮かれているのに頭の中は明るく澄み渡っていて、朝日を映す凪の海のようだと思った。

午前九時。二日目の幕が上がる。負ける気がしない。

——きっと僕は勝つ。

真依さんが作った衣に相応しい、王になれる予感がした。

午後三時十分。一四二手。

「……負けました」

鳳二冠の発した呻《うめ》くような声で、名人戦の幕は閉じた。

僕の気持ちはまだ高揚している。棋士人生で上位に入る最善手、いや、名手だった。

自分でもこんな将棋が指せたのかと驚いている。

記者たちが部屋に入ってきて勝者である僕にフラッシュを浴びせる。マイクが設置され「永世名人、おめでとうございます！」とインタビューが始まった。

——ああ、勝ったんだ。成ったんだ、永世名人に。

喜びが胸いっぱいに沁み渡って、目頭が熱くなる。プロ棋士二十五年で得た、あまりにも輝かしい栄冠。そして何より、胸を張って子供に誇れる棋士になれたことが嬉しい。

あまりにも鮮やかだった僕の戦法にインタビューも感想戦も大いに盛り上がった。

鳳二冠は今にも立ち上がって吠えそうな形相をしていたけど、最後には大きく息を吐き出し「……見事だった」と微笑んだ。

インタビューと感想戦、それに記者会見が終わり、時計を見れば四時十五分になっていた。このあとは祝勝会が待っている。

何せ史上数人目の永世名人だ。祝う方も盛大に準備しているだろう。けれど。

「申し訳ありません。今すぐ帰ります」

直帰宣言をした僕に、将棋連盟の会長も記者もスポンサーもポカンと口を開けて驚いていた。

「具合でも悪いのか？」と尋ねる会長に、僕は深々と頭を下げてから言った。

「妻がこれから子供を産むんです。間に合うかわからないけど、今すぐ東京に駆けつけたいんです」

一瞬、場が静まり返り、それからさっきとは違う驚きのどよめきが起きた。

「お子さんって、初子《ういご》ですよね？」

「そのお着物を縫われた奥様ですか？　確か二十二歳年下の……」

「おめでとうございます、都内の産院ですか？」

記者たちが目を輝かせて一斉に質問攻めにする。それはそうだろう、ただでさえ注目されていた永世名人を懸けた戦い。そこに初子誕生ともなれば二倍めでたく、話題性もさらに膨らむ。

記者に詰め寄られて焦っていると、会長が「そういうことなら仕方ないだろう。もう対局は終わったんだ、早く行け」と会場の外まで送り出してくれた。

急いで部屋に戻り、帰り支度を済ませホテルから出ると、ありがたいことに鶴見が駅までのタクシーを手配してくれていた。

彼に礼を言いタクシーに乗り込んで、スマートフォンの画面を開く。三十を超えるお祝いメッセージの中に、『奥さん、陣痛だいぶ強くなってきたみたい。そろそろかな』という女将さんからのメッセージを見つけた。時間は今から五分前。

「う……運転手さん。なるべく急いでください！　あ、でも、安全に！」

動揺して無茶振りをしてしまったが、タクシーの運転手さんは「聞きましたよ。お子さんが産まれるんでしょう。任せてください」と快く応えてくれた。

運転手さんが空いている道を選んでくれたおかげでスムーズに駅に着き、発車直前の新幹線に乗り込む。東京には午後八時前には着くので、あらかじめタクシーを予約しておいた。

対局日と重なった時点で出産に立ち合うのはあきらめていたが、少しでも間に合う可能性が出てくると途端にあきらめられなくなる。できることなら、子が産まれてくる瞬間の喜びを真依さんと分かち合いたい。

新幹線の中で僕はどうにも落ち着かず、東京に着くまでの二時間半がとてつもなく長く感じられた。

『分娩室《ぶんべんしつ》に入ったよ！　あとひといき！』という女将さんからのメッセージが届いたのは、病院へ向かうタクシーの中だった。

病院へ着いた途端、僕はメーターの料金も確かめず財布の中のありったけのお札を渡し「お釣りはいりません！」と叫んで駆け出した。

午後九時の病院は外来患者もいなければ入院中の患者も出歩いておらず、静かなものだった。シンとしている廊下を一目散《いちもくさん》に進んで、分娩室へ向かう。

「あっ、久我名人！　こっちこっち！」

あやうく廊下を行きすぎてしまいそうになったところを、女将さんが見つけて呼び止めてくれた。

「まだ産まれてないわよ。初産は時間がかかるからね」

間に合ったと歓喜に湧く一方で、一時間近くもいきんでいて大丈夫なのかと心配も湧く。何せ初めての出産だ、そういうものなのかよくわからない。

通りかかったスタッフが「あ、旦那さん間に合ったんですね」と気づき、すぐにガウンを用意してくれた。そして分娩室に入ったと同時に、赤ん坊の大きな泣き声が耳に届く。

目の前で、分娩台の真依さんから医師が子供を取り上げる瞬間だった。

「おめでとうございます、元気な女の子ですよ」

この世界に出てきたばかりの命が、懸命に産声《うぶごえ》を上げている。その光景に、泣き出したくなるほど胸が震えた。

「真依さん……」

分娩台に近づいてそっと手を握ると、真依さんは汗にまみれた顔で僕を見つめた。

「龍己さん……間に合ったん、ですね……」

まだ呼吸の整わない彼女の汗を、そばにあったタオルで拭いてやる。たくさん労《ねぎら》いの言葉をかけてあげたいのに、胸がいっぱいで言葉が詰まって出てこなかった。

「頑張りましたよ。私も、赤ちゃんも」

「うん。うん」

頷くことしかできないでいると、助産師の人が産湯で綺麗にされた赤ん坊を抱いてやって来た。「二九一〇グラムの女の子ですよ」と手渡され、慣れない手つきで小さくて温かい命を抱く。

「……真依さん」

「はい」

「ありがとう……愛してる」

感極まった中で絞り出した言葉に、真依さんが柔らかく微笑んだ。

――十三年前、将棋教室に来た小さな女の子。自分を見失いかけ生きる意味さえ知らなかったあの子が、今こうして母になり世界で一番綺麗な笑顔を見せている。

僕はそのことが、涙が出るほど嬉しい。

鼻を啜っていると、真依さんが小さく笑って言った。

「龍己さん、永世名人になったんでしょう？　女将さんから聞きました。おめでとうございます」

「ありがとう。真依さんのおかげだよ。きみの作った着物に袖を通したとき、自信が湧いて驚くくらい頭が冴えたんだ」

「ふふ、少しでもお役に立てなら嬉しいです」

はにかんで笑う彼女につられ、僕も目を細める。ここが分娩室じゃなかったら、その赤い頬にキスがしたかった。

それから子供は新生児室に、真依さんは病室に移動し、僕は翌朝も来ることを約束して病院を出た。

「あ、久我名人！」

外に出ると、数人の記者が僕を待っていた。どうやら祝勝会にいた記者から東京の本社に連絡が行き、僕を探して取材に来たらしい。

よく知った新聞社と放送局の人たちだったし、祝勝会を欠席してしまった申し訳なさもあったので、進んでインタビューに応えることにした。

「永世名人位獲得、おめでとうございます！　本日は奥様がご出産と伺ったのですが……」

「ありがとうございます。おかげさまで子供は先ほど無事に産まれました。元気な女の子です」

出産の報告をすると、わっと笑顔になった記者たちから祝福の言葉と拍手が贈られた。

それから今日の対局についての質問を幾つかされ、着物や妻のことを少し聞かれたあと、「最後に、永世名人位獲得、そして第一子のご誕生を迎えた今日のお気持ちをお願いします」と言われた。

カメラのレンズが向けられ、記者たちが注目する。僕は一度空を仰《あお》ぎ、それから気持ちのままに満面に喜色《きしょく》を滲ませて答えた。

「今日は僕にとって人生最高の日です」

将棋も人生も、最高に辿り着いたからといって終わりではない。ここからまた、新しい道が始まる。

楽ばかりだとは思わない。ときに険しい道もあるだろう。

けどその道はきっと最高の、さらに高みへと続いている。だから僕は歩き続ける。

もっともっと上を目指して。

大切な人と手を繋ぎ、花も嵐も踏み越えながら。

終章　私の家族

「はい、これでアキの勝ち！」

うららかな春の日曜日。居間で将棋盤を挟んで娘と向かい合っていた私は、目を何度もしばたたかせて驚く。

「え～、もう？」

将棋盤をマジマジと見つめ、どう指しても王手から逃れられないことを悟り、私はしょんぼりと眉尻を下げて敗北を認めた。

「負けました」

「やったあ。これでアキ、十回ママに勝った」

座布団の上でピョンピョンと飛び跳ねるその姿は無邪気でまだまだ小さいのに、将棋の腕前は大人並みというギャップに私は我が娘ながら感心してしまう。

長女の愛基《あき》は五歳になり、この春から幼稚園の年長さんになった。

面立ちは私に似ているけど、いつもニコニコしていて、年齢の割に思慮深いところは龍己さん似かもしれない。

ついこないだ産まれハイハイしていたかと思ったのに、気がつけば龍己さんに教わった将棋の腕をメキメキと上げ、もう駒落ちの対局では私は歯が立たないほどだ。ルールを覚えるだけでも大変なのに、こんな小さな子が大人に勝つなんて。もしかしてうちの娘は大天才なのかとワクワクしたけれど、龍己さんはこの頃にはもう駒落ちなしで大人にガンガン勝っていたらしい。プロを目指す子にとってはさほど珍しくもないとか。

ついでに愛基がずば抜けて強いというよりは、私がものすごく弱いというのもある。小学生の頃から龍己さんに将棋を教わっていたはずなのに、未だに彼に八枚落ちでも勝てたことがない。これはもう才能が皆無としか言いようがない。

愛基に引き継がれるはずだったせっかくの名人の血を、私が邪魔しているようで申し訳ないけれど、愛基が将棋大好きになってくれたことは嬉しい限りだ。

「もう一回やる?」と私が尋ねると、愛基は「今度はパパとやりたいなあ」と座布団の上で脚をパタパタさせた。

「パパ早く帰ってこないかな」

そう言って愛基が時計を見上げたとき、「ただいま」の声と共に玄関の開く音が聞こえた。

「パパだ！」

愛基はピョコンと勢いよく立ち上がると玄関に向かって廊下を駆けていく。私もそのあとをついていくと、手にお土産の袋をいっぱい持った龍己さんが駆けてきた愛基を抱き上げるところだった。

「パパ、おかえりなさい！」

「おかえりなさい、龍己さん」

「ただいま、真依さん。愛基」

私と娘の出迎えに、龍己さんは目尻に皺を寄せて嬉しそうに微笑んだ。

季節は春。龍己さんは名人戦七番勝負の真っ最中だ。あれから五年連続防衛に成功している龍己さんは、今年も名人として挑戦を受けている。

今日も、おととい九州で行われた第二局目で勝利を収め帰ってきたところだ。

龍己さんに抱っこされた愛基は「パパ、将棋やろう！　将棋！」とはしゃいでいたけど、「愛基、お土産があるよ。白餡とバターのお饅頭《まんじゅう》」と龍己さんが言うと、「おまんじゅう!?　食べたい！」と抱っこから抜け出し、手を洗いに洗面所へ走っていった。

その元気な後ろ姿に、私も龍己さんもクスクスと笑う。

龍己さんは予想通りとても優しいパパになり、愛基はそんなパパが大好きだ。

愛基が赤ちゃんの頃は泣き声や夜泣きが彼の研究の邪魔になるのではないかと心配したけれどそんなことはなく、それどころか龍己さんはおんぶ紐で愛基を背負いながら棋譜を読んだり駒を並べたりする術を身に着けた。

マイペースで大らかな龍己さんの育児は安心できるのだろう、愛基はパパのおんぶだとそれはよく寝た。もちろん私は大助かりだった。

おむつ替えもミルクも龍己さんは進んでやりたがる人で、『赤ちゃんのお世話は面白いね。人間を育ててる実感がすごくする』と独特の感想を満足そうに述べていた。

ただしハイハイするようになると手に届くものはなんでも口に入れたり壊したりしてしまうので、貴重な棋譜や小さな駒のある龍己さんの部屋は愛基立ち入り厳禁になったけれど。

赤ちゃんの頃も可愛かったけれど、愛基がヨチヨチと歩いて舌足らずに『パパ』と呼ぶようになってから、龍己さんの目尻は下がりっぱなしだ。

私のことも盛大に惚気ていた龍己さんは、当然娘のことも盛大に自慢するパパになった。毎日『うちの娘は世界一可愛いねえ』と惚れ惚れと呟き、外では隙あらばスマートフォンのロック画面の娘の写真を見せているそうだ。

『年を取ってからできた子は可愛い』なんて言葉があるけれど、龍己さんを見ていると本当だなと思わざるを得ない。

危ないことや悪いことはきちんと叱るけれど、龍己さんは自身に関することでは愛基を叱らない。愛基が龍己さんの髪を鷲掴みながらパパ登りをしても、龍己さんが楽しみにしていたどら焼きを食べちゃっても、寝ている間に油性ペンで顔に落書きされても、怒るどころか『愛基は元気で偉いねえ』と褒める始末だ。

そんな龍己さんを見ていると、私も肩の力が抜ける。

夜泣きやイヤイヤ期にも苛立つことなく乗り切れたのは、彼のおかげだ。

手のかかる時期でも心穏やかに過ごせたことに、私は内心とても安堵した。もし育児に行き詰って私の親のように利己的に振舞ってしまったらどうしようという恐怖は、龍己さんのおかげで杞憂となった。

愛基が生まれる前、ちゃんとした親になれるか不安だと相談した私に彼は『大丈夫。ふたりで親になっていこう』と言ってくれた。その言葉の意味が、つくづく沁みる。

ふたりで親になるというのは、ふたりで育児の作業をするという意味だけじゃない。お互いに支え合い親の心を育て合っていこう、という意味だと私は思う。

そして最愛の夫で最高のパートナーでもある龍己さんと一緒に私は一歩ずつママに

なり、愛基は毎日笑顔いっぱいの女の子に育っている。

洗面所で手を洗う愛基の歌声を聞きながら、私は龍己さんからお土産の紙袋を受け取った。

「遠征お疲れ様でした。それから第二局目勝利、おめでとうございます」

労いとお祝いの言葉を告げれば、龍己さんは「うん」と頷いてからそっと私のお腹を撫でた。

「真依さんこそ、僕のいない間留守を守ってくれてありがとう。体調は平気かい？」

「はい。赤ちゃんも元気いっぱいでお腹を蹴《け》ってますよ」

大きく膨らんだ私のお腹には、今ふたり目の子が宿っている。出産予定日は六月。もしかしたらまた七番勝負と被るかもしれない。

私も龍己さんも第二子の誕生を心待ちにしているし、愛基もお姉ちゃんになることを大喜びしている。

今回も性別は生まれるまで聞かない予定なので、男の子か女の子か楽しみだ。けどどちらにしても元気に生まれてきてくれればいい。それが家族三人の心からの願いなのだから。

「昨日は女将さんが差し入れを持ってきてくれたし、おとといは亀梨さんと卯野さんが一緒に対局の観戦をしに来てくれました。愛基も喜んでましたよ」
「それはありがたいね。みんなにお礼を言わなくちゃなあ」
『はく沢』の女将さんと大将は、相変わらず私たちに良くしてくれている。特に女将さんは愛基の出産のときに立ち会ったからか、愛基を孫のように可愛がってくれている。ありがたいことだ。

相変わらずと言えば、うちに数ヶ月に一回『龍研』のメンバーが集まるのも変わっていない。

将棋が好きな愛基は『龍研』のメンバーが大好きだ。亀梨さんと卯野さんはよく遊んでくれるし、鶴見さんは愛基が好きそうなお菓子をいつも買ってきてくれる。そしてプロ棋士たちが揃って愛基に将棋を手ほどきしてくれるのだ。なんという英才教育。本当に皆さんいい人たちだと思う。

私は龍己さんが着替えにいっている間にお茶を淹れ、愛基がワクワクして待つ居間のお膳にさっそくお土産のお菓子を開けた。

室内着用の浴衣に着替えた龍己さんも居間にやって来て、みんな揃ってお茶の時間にする。

愛基は食べ物の好みも龍己さんに似たようで、和菓子が大好きだ。ふたり揃って目尻を下げ甘いお饅頭に舌鼓を打っている姿に、笑いが込み上げてきてしまう。

ふと庭に目を向ければ、ミケちゃんが木春菊《もくしゅんぎく》の鉢植えの隣に丸まって日向ぼっこをしていた。

ああ、なんて穏やかな春だろうと、私は午後の日差しに目を細める。

龍己さんは名人、竜王、棋聖のタイトルを保持し続け、昨年王座位も獲得した。まごうことなき将棋の王、現役棋士の頂点に君臨《くんりん》し続けている。それでも彼は決して驕ることなく、今でも研究と勉強の日々だ。

その一方で柔和な人柄とアラフィフになっても衰えない端整な魅力は相変わらずの人気を博《はく》し、将棋界を盛り上げるのに一役買っている。

五年前、永世名人になった日に初子が産まれたニュースは、そのドラマチックさから随分話題になったりもした。

龍己さんの笑顔の写真と共に『人生最高の日です』と一面を飾ったスポーツ新聞は、我が家の宝物として保管してある。いつか愛基がもっと大きくなったら、見せてあげたい。

そして私はというと、去年の秋に勤めていた和裁所を退職し今は和裁縫士として独立している。龍己さんが竜王戦と名人戦で私の縫った着物を着てくれたおかげで、大勢のお客様が依頼してくれるようになったのだ。そこからさらに人脈を増やしていき、今では個人で注文を取ってやっていけるようになった。

独立しても仕事は楽しい。プライベートでも育児で多忙な中、時間を見つけては龍己さんと愛基の浴衣を縫ったりもしている。そんなとき、自分は本当に和裁が好きなんだなあ、なんて思ったりする。

鴻上さんとは退職後も連絡を取り合っていて、月に一度はランチやコーヒーショップでお喋りをしている。彼女も近々独立予定なので同業者としても色々な話ができるのが楽しみだ。

初めての育児に振り回されながらも、私は満たされた毎日を送っている。

幼い頃には想像もしなかった、夢も愛も家族も手に入れた生活。兄に尽くすために生まれてきた私が、今は自分のために生きて自分だけの幸せを手に入れた。全部、龍己さんのおかげだ。

日々の幸せを噛みしめるたびに思う。龍己さんに出会えてよかった、あの雨の日に傘を傾けてくれたのが龍己さんでよかった……と。

昔を思い出して感慨深くなっていると、龍己さんがふとこちらを見つめ頬を薄く染めて笑った。

「なんだかとてもいい顔をしているね。何を考えていたの？」

龍己さんと愛基がいる光景。何も憂うことのない穏やかな午後。将棋盤、手作りの座布団カバー、季節の花を生けた花瓶、私たちの時間を刻んできた座卓、日の当たる縁側、心安らぐ私の家。

かけがえのない幸福を胸に沁みるように享受し、私はあなたに微笑む。

「今度、栗ぜんざいを食べに行きませんか。なんだかあの温かい甘さが懐かしくなっちゃった」

「それはいいね」とあなたが微笑む。

出会ったときから変わらない温かい笑顔が、私の胸にまたひとつ甘い幸せを落とした。

番外編　相嫉妬

それは、私が十九歳で龍己さんが四十一歳のとき。

嘘の結婚二年目を迎え、ふたり暮らしにも少し慣れてきた頃だった。

龍己先生の留守中、彼の部屋を掃除していた私は見つけてはいけないものを発見してしまい、小さく声をあげた。

「……わ……」

床に置かれていた大量の棋譜を机の上に置こうとしたとき、たまたま開いていた引き出しから覗いていたもの。それはラブレター（？）だった。

何故中身を見ていないのにそれがラブレターだと思ったかというと、まず差出人の名前が『常盤萌絵《ときわもえ》』と女性だったから。それから封筒が事務的なものではなく愛らしいピンク色だったから。そして何より、『常盤萌絵』さんからのピンクの封筒が二十はあろうかというくらい大量に引き出しに整頓《せいとん》され詰め込まれていたから。

「何これ。……文通でもしてたとか？」

なんだか胸がモヤモヤする。

偶然見てしまったとはいえこれは完全にプライベートの侵害だ。このことは忘れて速やかに引き出しを閉じ、何も見なかったことにするのが賢明だろう。

けど、引き出しを閉じても胸のモヤモヤは消えない。

女性からの手紙を机の引き出しに保管していた龍己先生。しかも大量に。……その理由を、そこに潜む私の知らない関係を、どうしても想像してしまう。

共に暮らし始めて一年。大きな年の差がある私たちだけれど、特に不自由やジェネレーションギャップを感じたことはない。

ただ人生二十二年間の差を痛感するときが稀《まれ》にある。それが彼の人間関係だ。

私よりずっと長く生き、堅実な人生を積み重ねてきた龍己先生には多くの人脈がある。尊敬する人、お世話になった人、助け合う仲間。先輩、友人、弟子、目をかけてあげている後輩などなど。

当然私が知らない人も大勢いるし、どんな関係を築いて今に至るのかわからない人もたくさんいる。

それを不快になんて思わない。彼のことはたくさん知りたいけれど、すべて把握していないと気が済まないというほど私は欲深くないつもりだ。

けれども。

こんなふうにふたりの生活の中に、ふいに私の知らない異性との歴史が垣間見え《かいまみ》た
とき、どうしても胸がモヤモヤしてしまう。……つまりはやきもちだ。
本当の妻じゃない私がやきもちを焼くなんて、図々しいことはわかっている。だか
らもちろん追及する権利も咎《とが》める権利もないことも。
けど、私は龍己先生に恋しているのだ。好きな人が女性と紡いできた歴史の片鱗《へんりん》を
見つけて平然としていられるほど、私の心は頑丈じゃない。
「う～、見たくなかったぁ」
お掃除を早々に切り上げ、私は龍己先生の部屋から出ていく。
常盤萌絵さんがどんな人なのか想像してしまいそうになる頭をプルプルと振って、
目に焼きついた大量のピンクの封筒を忘れようと努めた。

努力の甲斐あって『ラブレター目撃事件』を記憶から消した頃。私はまたもや、私
の知らない彼の歴史の片鱗に嫉妬《しっと》することになった。
それは結婚三年目。和裁技能学校を卒業し社会人になったばかりの春。
この頃の私は最高に片思いを拗らせていたと思う。
大好きな人と毎日一緒に暮らして恋心は募るばかりなのに、想いを遂げることはで

きない。悶々《もんもん》とした毎日。

そんなときにたまたま耳にしてしまった会話は、私の心をまるで台風の海のように掻き乱した。

「こないだヒナコさんに会いましたよ。久我さんしばらく会ってないでしょう、ヒナコさんものすごく会いたがってましたよ」

恒例の『龍研』の日。お茶のおかわりを持ってきた私は、八畳間の襖の前で固まってしまう。

亀梨さんの言葉に、龍己先生が「あー、ヒナコさん。そういえば」と相槌を打ってから駒を置く音がした。

「連絡してあげてくださいよ。ヒナコさん、昔から久我さんのこと大好きなんですから」と亀梨さんが言えば、ははは、はっと笑ったのは鶴見さんだった。

「そういえば昔から久我はヒナコに好かれてたな。よく面倒見てやってたから懐かれたんだろう」

「ヒナコさん一時期、この家で寝泊まりしてたことありましたもんね」

こ、この家で寝泊まり！？

サラリと言った亀梨さんの言葉に、私は衝撃を受ける。

「あったねえ、そんな時期も。賑やかだったけど楽しかったよ」

龍己先生が、昔を懐かしむように言う。その口調からも『楽しかった』というのが本心だと伝わってきた。

「ヒナコが入院してたときも久我がずっと付き添ってやってたんだろう？　何年前だ、あれは……」

「八年くらい前かな。ヒナコさん身寄りがいなかったからね」

「ああ、俺も覚えてますよ。ヒナコさん泣いて感謝してましたね」

固まったままの私の耳に、どんどん会話が飛び込んでくる。盗み聞きはいけないと思っても、この会話中に部屋に入る勇気もなく、だからといって台所に戻るのも卑屈な気がして私は戸惑い続けた。

ヒナコさん……、亀梨さんや鶴見さんも知っているということは、将棋関係の人なのだろう。この家で寝泊まりしていた時期があって、入院中は龍己先生がつきっきりだった人……。

鉛を呑んだようにずんと胸が重くなった。

そんな深い関係の異性がただの知人であるはずがない。もしかしたら私と同じように何らかの事情があって保護していた可能性もあるけれど、そうと考えるよりは恋仲だったと考える方が普通だ。

……恋人。龍己先生の……。

別に意外なことではないのに、大きなショックを受けて泣きたくなってしまう。

八年前といえば私は十二歳で龍己先生は三十四歳だ。成熟した大人の彼に恋人がいたとしても不思議はない。

けど彼がヒナコさんと濃密な時間を過ごしている間、私はまだてんで子供で恋すら知らなかったことを思うと気持ちがますます混乱する。

ああ、嫌だ。こんなことで年の差を、歴史の差を感じたくはない。

ギュッと唇を噛みしめ俯いていると、さらに続けて会話が聞こえてきた。

「ヒナコ結婚したんだよな。今どこに住んでるんだ？」

「愛知《あいち》ですよ。こないだは仕事でこっち来てたそうです」

「愛知か、今度の叡王《えいおう》戦で大盤解説するんだけどちょうど名古屋なんだ。連絡してみようかな」

「それがいいですよ。絶対喜びますよ、ヒナコさん」

思わず「会うんですか!?」と声に出してしまいそうになった。

私が子供なのだろうか。昔の恋人ってそんなに気軽に会えるものなのかわからない。

それに龍己先生が一応は既婚者であるにもかかわらず、逢瀬《おうせ》をすすめる亀梨さんの意図もわからない。普段は私のことを良妻だなんだと褒めそやしているくせに。ヒナコさんも既婚者だから、もう過去のことと割り切っているのだろうか。

あぁ、駄目だ、駄目だ。モヤモヤする。嫌な考え方ばかりしてしまう。自分の中にこんな汚い感情があることがとても嫌だ。

ここまで明け透《あ す》けにヒナコさんの話をするということは、きっと今は本当になんの感情もないんだ。そう思い込むしかない。

気持ちを落ち着けようと、私は深く息を吸って吐く。そして痛む胸をギュッと手のひらで押さえた。

……今さら。彼の過去にやきもきしたって仕方ない。時間は巻き戻せない。巻き戻したところで十二歳だった私にはどうしようもない。

龍己先生には龍己先生の歩んできた人生がある。私の知らないたくさんの出会いと別れを繰り返して、今の龍己先生があるんだ。彼のことが好きなら、その人生ごと受け入れたいと思う。

少し落ち着いてきた私は胸から手を放して顔を上げた。

そもそも私は本当の妻ではないのだ。妬《や》くのは勝手だけど、拗《す》ねたりいじけたり態度に出す資格はない。

襖の前でひとり、にっこりと笑顔になる練習をして、それから「失礼します」と声をかけてお茶を運んだ。

龍己先生も、亀梨さんや鶴見さんも、さっきまで元カノの話をしていたとは思えないほど普通に私に接してくれて、あぁ大人ってこういうものなんだなと複雑な感慨を覚えた。


誰かを愛するということは、その人の過去も受け入れるということだと思う。

二十二歳の年の差がある私はその長さのぶん、呑み込まなくてはいけない過去も多いけれど、愛があれば難しくはない。だから。

本当の結婚をしてから半年後。龍己さんの記事が載っている週刊誌を読んでいたとき、『かの有名な三段リーグの失恋』なんて一文を見てしまっても。私はグッとお腹に力を入れて（昔のことだから今は関係ない）と自分に言い聞かせるしかないのだ。

……けれども。

『かの有名な』って何？　週刊誌にそう書かれるということは、当時かなり話題になったということだろうか。

龍己さんがプロ入りしたのは二十歳のとき。ということは三段リーグだった頃は十代後半だ。……私、まだ生まれてない。

知らなかったどころではない、私が生まれる前の龍己さんの恋路。しかもそれが『かの』なんて付けられてしまうほど有名なこと。

あまりにも予想だにしなかった角度からのショックに、美容院でその週刊誌を見ていた私は髪を切られながら放心してしまった。

それから数日、私は葛藤《かっとう》した。『かの有名な三段リーグの失恋』を検索するか否か。検索しない方がいいに決まっている。わざわざ過去の恋をほじくり返して勝手に傷つくなんて不毛としか言いようがない。ましてやもう二十年以上前の話だ。気にする方がどうかしている。

……けど。龍己さんは言った、今まで悋気るような対象がいなかったと。

ならばこの恋はどうだったのだろう、なんて考えてしまう。週刊誌に嗅ぎつけられるほど大っぴらな恋をしていたのに、堂々と悋気たりすることはなかったのだろうか。どんな相手だったのだろう、悋気ないということは大人びた女性だったのかな。それとも恋愛中は秘めていて、失恋だけが大きく取沙汰されてしまったとか。十代の頃というと相手は奨励会の人だろうか、それとも同じ高校の人かもしれない。

考えたくないのに、次から次へと想像してしまう。

以前にも『常盤萌絵』さんや『ヒナコ』さんに悶々としたことがあったけれど、今回は一段と深く悶々としてしまう。

それは多分、昔と違って今は本当の夫婦になったから。

私の勝手な片思いではなくて、今は龍己さんの愛を求めても許される立場だ。だからきっと私は少し我儘になったのだと思う。変えられない過去にやきもちを焼いてしまうくらいには。

さらに今回ははっきりと、過去の失恋だと判明しているのも大きい。

『常盤萌絵』さんも『ヒナコ』さんも、おそらく恋愛絡みの知人だと思っていたけれど、あくまで私の推測だ。

龍己さんが今まで悋気る対象がいなかったと言ったとき、もしかしたら『常盤萌絵』さんも『ヒナコ』さんも恋愛対象ではなかったのかもと思った。彼女たちが好意を抱いていた可能性は大いにあるけれど、公《おおやけ》にイチャイチャするような仲ではなかったのは確かだ。そのことは私を安堵させた。

けど、今回は違う。第三者が失恋と書いているのだから。

当時マスコミが憶測《おくそく》で失恋と騒いだだけの可能性もあるけれど、だとしたら未だに

『かの有名な』なんて語り継がれるとも思えない。

「ああっ、もうやだ！」

お風呂の湯船でひとり、私は嘆きの声をあげて顔を手で覆う。

美容院の週刊誌であの記事を発見してから十日も経つのに、胸のモヤモヤは消えないどころか毎日あれこれ想像してしまう。

こんなに悶々としていじけているなら、さっさと龍己さんに聞くなりネット検索するなりして真相を確かめればいいのにそれもできない。真実を知ったら知ったで、また新たに悩むとわかっているのだから。

過去の恋は気にしない。そう決めた。気にしたってどうしようもない。

龍己さんには龍己さんの人生がある。その積み重ねが今の龍己さんを作っていて、私はそんな彼が大好きだ。ならば過去をほじくり返していじけてなんになろう。

それに龍己さんだって、二十年も前の失恋を詮索《せんさく》されるなんて嫌に決まっている。

「もう考えるのやめた！」

そう自分を叱咤し、湯船から立ち上がったときだった。

「真依さん？」

脱衣所からガラス戸越しに龍己さんが声をかけてきた。

ガラス戸は曇りガラスだからお風呂場は見えないけど、私は慌てて湯船に再び体を沈める。

「さっきから声がしてるみたいだから……。何かあった？　大丈夫かい？」

「だっ大丈夫です！」

ひとりで騒ぎすぎたことを後悔し、恥ずかしくなる。もう本当に何してるんだろう。

「大丈夫ならいいけど。のぼせないようにね」

龍己さんがそう言って立ち去ったのを見て、ホッと息を吐く。ところが彼はすぐに戻ってくると、ガラス戸を軽くノックした。

「一緒に入ろうか」

「えっ!?　えっでも、あのっ！」

突然大胆なことを言われて、私は思いっきり動揺してしまった。夫婦なのだし、もう何度も体を重ねているのだから焦ることはないのに。

「冗談だよ」

クスクスと笑って遠ざかっていく足音が聞こえる。からかわれたのだと気づいた私はさっきまでの悶々と相まって「もうっ！」と湯船にバシャバシャと八つ当たりした。

龍己さんのことが好きすぎて、勝手に振り回されっぱなしなのが悔しい。

真依さんと入籍したとき、二十二歳という大きな年の差のせいで随分周囲からなんやかんやと言われたものだった。

さすがに近しい人たちが揶揄《やゆ》するようなことはなかったけど、口さがない棋士や記者が「親子ほど離れててうまくいくのかね」「世間知らずな子供をかどわかしただけなんじゃないの」なんて陰で笑っていたことも知っている。

まあ、そんな陰口は覚悟のうちだ。ゴシップ誌やネットではもっと下劣な言葉が飛び交っていたらしいが、目にする必要もない。

この結婚は真依さんを守るための偽装結婚だ。もとから男女の愛はないので揶揄されても気にならないし、真依さんをあの家から守れるのならば部外者から何を言われてもかまわないと思っていた。……それが、いつからだろう。

夫婦仲を疑うような声に心がざわつくようになったのは。

◆◇

「そんだけ奥さん若いと不安になりませんか？」

無遠慮にそう聞いてきたのは、僕より五歳ほど年下の子島《ねじま》さんという棋士だった。今日は関西の将棋会館での対局日。子島さんは関西の棋士なので僕はあまり馴染みがなく、今日の対局で数年ぶりに言葉を交わした。

対局後、『よかったら一緒にメシでもどうです？』とフレンドリーに誘ってくれたのはよかったものの、居酒屋の席に着くなり彼は僕と真依さんのことに言及した。

「不安って、たとえば？」

彼の質問に質問で返したのは、少し意地悪な気持ちがあったからだ。

この手の質問はもう何回もされたことがあるが、詳細はバラエティに富んでいる。数十年後の介護問題から、ジェネレーションギャップ、金銭感覚の相違などなど。

そしてダントツで多いのがこれ。

「男ですよ、男。俺だったらカミさんが若い男に目移りしないかハラハラしますわ」

……まあ、ここまでオブラートに包まないで言われたのは初めてだけれど。

本当にまったく余計なお世話だと、内心ウンザリする。そしてウンザリしている自分に驚くのだ。

僕は真依さんが本当に愛する男性に出会えて、幸せになることを願っている。それはつまり〝目移り〟が前提のことなのに、何故僕は不快な気持ちになるのだろう。

『彼女は誠実だからそんなことはないよ。でももし他の男性を愛することがあれば、それはきっと僕が至らないせいだろうね』

この手の質問に今まではそんなテンプレートで返してきた。今回も同じように返せばいい。けれど。

「簡単には目移りさせないよ。大切な子なんだ、そんじょそこらの男に盗《と》っていかれるつもりはない」

やけに喧嘩腰な回答をしてしまった。

子島さんが目を丸くしたのを見て、大人げないことを言ったと恥ずかしくなったが、後悔はない。今の僕の本音だ。

「は～……。自信というか執着というか。いや、久我さんみたいな人が言うとカッコええですなあ」

感嘆の息を吐いてから子島さんは少し肩を竦めると、「いや、なんか変なこと聞いてすんません」と軽く頭を下げた。それから自分も年下の女性に恋をしていて年の差が不安なのだと打ち明けてきた。

いつの間にやら子島さんの恋愛相談になり、僕はジンジャーエールを飲みながら彼の話に相槌を打った。しかし五杯目の焼酎を飲んで滔々と愛を語る子島さんを見ながら、頭では別のことを思う。

僕は真依さんが他の男に恋するのが嫌なんだな、と。

彼女と籍を入れてもうすぐ二年半。心地いい生活を手放したくない自覚はあったが、気がつけば真依さん自身まで手放したくないと思うようになっていたみたいだ。

この結婚に於《お》いてそれが間違っていることはわかっている。……けど、花火の下で頬を染め『龍己先生、大好き』とはにかんだあの子が、僕以外の男のものになる想像がつかない。

僕を見つめ幸せそうに笑う彼女の頬に触れていいのは、僕だけじゃないのか。

「やっぱこんなおっさんが嫉妬するなんて、ダサいですよねえ？」

すっかり自分のことばかり考えていた僕は、酔って顔を赤くした子島さんの言葉にハッとする。彼は自分のことを聞いたのに、なんだかこちらの思考を読まれた気がして内心動揺した。

「……幾つになったって、好きになってしまったら嫉妬ぐらいするんじゃないかな。せめて、大人としてみっともなくない妬き方をしたいとは思うけど」

それはもうどう聞いても僕自身に言い聞かせた言葉だったけど、ベロベロに酔っていた子島さんは「さすが久我さん！　イケメンはいいこと言うわ！」と喜んでいたので、まあいいかと笑っておく。

そして僕は自分の言葉に再び気づかされるのだ。ああ、僕はいつか真依さんを奪っていく男に嫉妬しているのだな、と。


——まだ想いを自覚していなかったときでさえこれである。

自分の気持ちを認め、想いが通じ合い、本当の夫婦になれば嫉妬心も独占欲も加速するのは当然の成り行きだった。

「あれ？　真依さん、髪のカラー変えました？　イイ感じじゃないですか」

「本当だ。イルミナカラーですか？　お似合いですね」

ある日、我が家で行われた『龍研』のとき、部屋にお茶を持ってきた真依さんを見て、亀梨くんと卯野くんが言った。

「あ、ありがとうございます。美容師さんに勧められて、初めてカラーリングしちゃった……」

褒められて恥ずかしそうにはにかむ真依さんを見て、胸の奥で何かが燻る。

「真依さん、色白だから透明感のあるカラー似合いますよね」

「前より柔らかい印象になりました」

亀梨くんと卯野くんが真依さんの髪についてやいのやいの言うのを聞いていた鶴見が、ぽつりと呟いた。

「目聡《めざと》いな。言われても俺にはよくわからん」

その言葉に僕は内心小さく頷く。

真依さんが美容に行ってきたのは三日前。髪がツヤツヤして手触りもさらに良くなったけれど、それがどんなカラーで具体的にどういう効果があるのかは、僕にはよくわからない。

ただ『綺麗だよ。よく似合ってるね』と染められたばかりの髪を撫でたとき、真依さんはとても嬉しそうに微笑んだ。頬を染めてキラキラとした目をして。

その笑顔を向けられたとき僕は彼女にカラーを勧めた美容院に感謝したし、前より柔らかさの増した髪に触れられるのも、こんな愛らしい顔を見られるのも、夫の特権だと幸福感を覚えた。

……その幸せを、少し削られて持っていかれたような気がするのは、あまりにも卑屈だろうか。

恥ずかしそうに真依さんが部屋を出ていくと、鶴見が仕切り直すように「ぼちぼち始めよう」と言ってそれぞれ対局が始まった。

けれど将棋盤を前にしても僕はどことなく胸がスッキリとせず、集中しきれないまま一局目が終わってしまった。

それから一時間後。

小休止をしてお茶を飲んでいたら、窓にぽつぽつと雨の雫がぶつかり始めた。

「にわか雨かな。ちょっと庭に行ってくる」

確か外に布団と洗濯物を干していたはずだと思い出して、僕は席を立つと居間の縁側へと向かう。

すると、ちょうど真依さんが庭から布団を抱えて戻ってくるところに遭遇《そうぐう》した。

「ああ、ありがとう。これで全部かい？」

「まだあと二枚あります」

「僕が行ってくるから、真依さんは洗濯物の方を頼むよ」

庭に干してあった布団をまとめて抱え、とりあえず回り廊下へ取り込む。すると後ろから足音が聞こえて、両腕いっぱいに洗濯物を抱えた真依さんが駆けてきた。

洗濯物の山で視界の塞がれた真依さんは僕がいることに気づかず、そのままぶつかって足をもつれさせ、洗濯物ごと廊下の布団に飛び込むように倒れこんだ。

一瞬の出来事で呆気に取られていたのは僕も彼女も同じだ。

しばらく呆然としたあと、ふたり揃って声をあげて笑った。

「ごめんなさい、全部いっぺんに取り込んだから前が見えなくて……」

「危ないところだったね。布団がなかったら顔をぶつけていたよ」

頭の上にシャツを乗っけながら、真依さんが可笑しそうに笑っている。僕は屈んでシャツを退けてあげると、そのまま彼女の頭をよしよしと撫でた。

柔らかくて艶やかな髪に、にわか雨の雫が幾つか散っている。

情緒さえ感じるその光景に、僕はさっき亀梨くんが言っていた『透明感』という言葉を思い出した。

髪をひと房手に取り、そのまま指先で撫でて梳く。

「……龍己さん？」

ふいに笑みを消し髪を見つめる僕に、真依さんが不思議そうな顔をして体を起こした。

「ん……っ」

彼女の肩を強引に抱き寄せ、キスをする。驚きで見開かれていた目が、やがて恥じらうように閉じていった。

小さな口を呼吸もできないほど深く塞ぎ、味わうように舐《ねぶ》る。

その間にも僕の手は彼女の髪を淫らなほどに撫で続けた。

唇を離すと、顔を真っ赤にした真依さんが俯きながら僕の胸を軽く押し離した。

「お、お客様来てるのに……見られちゃいますよ」

「僕は構わないよ」

そう言って彼女の顎を軽く掴み上向かせ、もう一度唇を重ねる。

庭はシトシトと細かい雨の粒に濡れ、土の湿る香りが匂い立っていた。

しつこく真依さんの髪を撫で唇を味わいながら、僕は胸の奥に燻っていた何かが雨と一緒に流れていくのを感じる。

……真依さんは気づいているだろうか。あんなたわいもないことで、僕が嫉妬に焦れていたことに。

亀梨くんが誰に対してもフレンドリーな性格なことも、卯野くんが真依さんと年が近いことも、とっくの昔からわかっていたことだ。彼らと真依さんの距離は最初から何も変わっていない。変わったのは僕だけだ。

僕のわからない部分まで彼らには見えることも、彼らの言葉に頬を染める真依さんも、面白くない。

真依さんの全部を知るのは僕だけでいいし、他の男に僅かにでも分け与えたくない。

深く澄んだ黒い瞳も、まっすぐに見つめてくる眼差しも、僕を見て綻ぶ小さな口も、淡雪みたいな白い肌も、吐息のように優しくて儚い声も、髪の一本からつま先まで、彼女の全部が僕のものになればいいのに。

「ん、……ふ、ぅ……んっ」

口腔を舌で舐っていじめるたびに、彼女の唇の端から上擦《うわず》った声が漏れる。僕の体を押し離そうとしていた手は、いつの間にかしがみつくように僕の服を握って震えていた。

その可愛らしさにもっといじめてあげたくなったとき、廊下の方から足音が近づき、すぐさまドタドタと駆け戻っていく音が聞こえた。

ハッとした顔をした真依さんが手に力を籠めて、僕の胸を押しやる。

「……だ、誰かに見られちゃった……かも」

「そうかもね」

唾液で濡れてしまった彼女の顎を指で拭ってやりながら、僕の口角は勝手に上がっていた。

まったく、我ながら狭量《きょうりょう》だ。とても胸がスッキリしている。

赤くなった顔でオロオロとしている真依さんの額に軽くキスを落とし、僕は布団を抱えて立ち上がった。

「これを部屋に運んだら、僕は八畳間に戻るよ。随分みんなを待たせてしまった」


入籍してから五回目の夏。

真依さんの誕生日祝いに、僕と彼女は北海道旅行にやって来た。

北海道も初めてなら飛行機も初めての真依さんは終始大喜びで、連れてきてあげてよかったなと心の底から思った。

見渡す限り一面紫色のラベンダー畑に立つ真依さんを見たとき、僕は改めて彼女の美しさに胸震わせた。

出会ってから十三年も経つのに、彼女は僕にまだまだ新しい顔を見せてくれる。あどけなかった子供が成長し、大人になり、そして妻になった。可愛い顔も艶っぽい顔ももう全部知っているつもりだったのに、花畑で笑うきみはこんなにも爽やかで眩しい。その新しい発見に、僕は喜びを抑えきれない。

ラベンダー畑を満喫した僕らは、休憩がてら名物のソフトクリームを食べることにした。幾つか並ぶショップを見回し、それぞれ別の店で買って半分ずつ味見をしようと決めた。……しかし。

「……随分大きいね」

「なんか、おまけしてくれたみたいで……」

真依さんが僕と別の店で買ってきたソフトクリームは、明らかに通常より高く盛られていた。その店の方を振り向くと、店員の若い男が真依さんに向かって小さく手を振っているのが見えた。

年若い女性が下心のある男性店員におまけしてもらうなんてことは、ありふれた話だ。面白くはないが、気にするほどでもない。

美味しそうにソフトクリームを食べる真依さんを見ながら、僕は自分にそう言い聞かせる努力をするしかなかった。

しかし、観光地というのは何かと開放的になりやすいものだ。

僕は旅の先々で真依さんがおまけをしてもらったり、男性に声をかけられたりしている場面に遭遇してしまう。

もちろん声をかけられるのは真依さんがひとりでいるときだが、その前に僕といるのを見ても平気でナンパしてくるということは、夫婦ではなく親子と思われているのだろう。僕が隣にいるのに平気で真依さんに手を振ってきたカフェ店員もそうだ。

親子や親戚と間違われることには慣れているが、さすがにこういうシチュエーションだとやや不快に思う。

それでも楽しい旅行中なので態度に出すようなことはしたくない。

そうして迎えた旅行最終日。ホテルのフロントでチェックアウトを済ませた僕は、ロビーに待たせていた真依さんを振り返って眉根を寄せた。何やら、男性に声をかけられている。

すぐに彼女のもとに向かおうとしたとき、ふたり組の女性が近づいてきて僕におずおずと声をかけてきた。

「あの、久我名人ですよね。よかったら一緒に写真撮ってもらえませんか」

「あ……ええ、いいですよ」

一瞬戸惑ったが、とりあえず男性が真依さんから離れていったのが視界の隅に移ったので、了承する。

芸能人のように多くはないが、こんなふうに出先で写真やサインを頼まれることは時々ある。移動中や観光地だと目立つのか、この旅行中でも二度ほどあった。

よほどのことがない限り、僕は写真もサインも断らないことにしている。これも将棋ファン拡大のための草の根活動だ。

ロビーの前にある大きな水槽の前で、女性ふたりは両脇から僕の腕に寄り添う形でポーズをとった。スマートフォンでの自撮りなので、くっつかなければフレームに収まらないらしい。そうして撮れた写真を見て満足すると、彼女たちは嬉しそうに礼を言い去っていった。

手を振って彼女たちを見送り、待たせている真依さんのもとへ向かおうと踵《きびす》を返す。と、同時に、抱きつくように華奢な腕が僕の腕にギュッと絡まってきた。

「……真依さん?」

真依さんは無言のまま僕の腕にしがみついている。俯き気味の輪郭はほっぺが膨らんでいて丸かった。

「……ごめんなさい。私、今ちょっと妬いてます」

拗ねた声で言われたそれに、僕はキョトンとする。そして上がりそうになる口角を、必死に抑えなければならなくなった。

「そうだね。きみの誕生日旅行なのに無神経だった。ごめんね」

いじらしいやきもちを焼く真依さんは、なんと可愛いのだろう。このまま腕に抱き上げて、もう一度部屋へ戻りたい衝動に駆られる。

旅行中小さな嫉妬で胸を焦がしていたというのに、自分が妬かれる側になると嬉しいだなんて。勝手極まりない自分に呆れずにはいられない。

けど、安心してしまうのだ。

妬いてばかりいると自分ばかりが好きなような気がして、時々思い悩んでしまう。

健全とは言い難いけれど、彼女も僕と同じで嫉妬するほど大きな想いを抱えているのだと思うと、安堵の気持ちを覚えずにはいられなかった。

「真依さんは妬いていても可愛いね」

目尻を下げて言えば、彼女はパッと僕の腕から離れてクルリと背中を向けた。

「からかわないでください。こんなの、ちっとも可愛くない」

「可愛いよ」

「可愛くないです」

冗談で宥められていると思っているのか、真依さんは耳を赤くしながらスタスタと歩いて行ってしまった。けど小柄な彼女が早足で歩いても、すぐに追いついてしまう。

僕はうっかり彼女を抜かさないように、気をつけてその背を追いかけた。

するとピタリと止まって突然振り返った真依さんは、僕を見上げて困ったように口を開いた。

「私、妬かないように頑張ってるんだから、そういうこと言わないでください」

「頑張ってるの？」

意外な言葉に目をしばたたかせて尋ねると、彼女は再び拗ねたように俯く。

「だって……龍己さんは私より人生が長いし、たくさんの出会いとか別れがあるじゃないですか。そういうのいちいち気にしてたらキリがないから、妬かないって決めてるんです。……でも、さっきのはなんか……目の前で女の人にくっつかれてるのは、我慢できなかったっていうか……」

僕は衝動的に真依さんを抱きしめそうになるのをグッとこらえ、彼女の肩をポンポンと軽く叩くだけに留めておいた。

「我慢しなくていいのに。僕はきみをほんの少しも不安にさせたくないよ。気になったことがあったら全部聞いてごらん、嘘偽りなく答えてあげる。もちろんさっきみたいに嫌なときは嫌だってはっきり言っていい。僕のことで真依さんを我慢させたくないからね」

年の差婚は、確かに難しい。

周囲の揶揄もあるし、将来のことも考えなくてはいけない。人によってはジェネレーションギャップもあるだろう。

けど、倍以上も長い僕の人生を必死に受け入れようとする伴侶の姿には、筆舌に尽くし難い愛おしさを感じる。

僕は真依さんと二十二歳差でよかったと思う。

きみが知りたいのなら、全部全部教えてあげよう。きみと歩み出すまでの四十年間の物語。痛みも苦しみも喜びもすべて、きみの手をとる僕に成るための道程だったんだって。

真依さんは僕の言葉を聞いて目を潤ませると、こくりと頷いた。

それを見届けて、僕は彼女の手に握りしめたままになっていた紙きれを取り出す。

メモの切れ端にメッセージアドレスと電話番号が走り書きされたもの。

「あ。それ、さっきロビーで待ってたら男の人に渡されて……」

その紙きれを破いて近くのゴミ箱に捨て、彼女と手を繋いで歩きだす。

「それから言い忘れてた。僕もかなりのやきもち焼きなんだ。これからはお互い隠さないでいこう」

目を丸くしていた真依さんが、小さく笑って頷いた。

◆◇

長い間、私の胸の奥で燻り続けていた疑惑のやきもちは、二十三歳の誕生日旅行ですべて解消された。

「つ……詰将棋？」

北海道から東京へ帰る空の上で、龍己さんは『常盤萌絵』さんの真相を教えてくれた。

「そう。数ヶ月に一回、面白い詰将棋を考えて送ってくる人なんだよ」

龍己さんの説明によると、彼女は熱心な将棋ファンだそうな。特に詰将棋を考えるのが好きらしく、自信作ができると龍己さんに送ってくるらしい。

「僕に、っていうか名人に挑戦してもらいたいらしくてね。鳳さんが名人のときは彼に送っていたそうだよ」

顔も知らなければ、もちろん会ったこともないけれど、棋士の間ではわりかし有名な人なのだそうだ。

「まあ、ファンレターの一種みたいなものかなあ。結構いるんだよね、自分で作った自信作の詰将棋送ってくる人」

「それで……あんなに机に溜め込んでたんですか？」

「まだ解いてないのもあるし、『龍研』のときに出してみんなで解いたりするんだよ。結構楽しいよ」

想像もつかなかった『常盤萌絵』さんの真相に、私はポカンとしてしまった。

……けど、真相を知ると妙に納得もしてしまう。

彼は自他共に認める『将棋以外は関心がない』人なのだ。それこそ、結婚するまでは寝食すら疎《おろそ》かにするほどに。

そんな人が女性とこまめに文通なんてするとは思えない。ラブレターをもらってウキウキと机にしまっておくような性格でもない。

「なんだ……そうだったんですね」

悩んだのが損したと思えるような顛末に、私は力なく笑みを零した。

龍己さんはなんだか可笑しそうに目を細め、隣の席の私の頭をポンポンと撫でた。

「他にも気になってることあるかい？」

そう訊ねられて、私はこの際だと思い抱えていた疑問をさらにもうひとつぶつけることにした。

「以前『龍研』のときに皆さんがお話ししてたの立ち聞きしちゃったんですけど……、『ヒナコ』さんって誰ですか？　た、龍己さんとどんな関係の方なんですか」

『常盤萌絵』さんより、『ヒナコ』さんの方が断然気になる。だって『ヒナコ』さんは龍己さんの家で寝泊まりしていた時期もあるし、入院に付き添うほど深い仲の人なのだから。

もし恋仲じゃなく友達だったとしても……私は少し妬いてしまうかもしれない。

さっきよりハラハラしながら答えを待つ。

けれど龍己さんはしばらく不思議そうに瞬きを繰り返したあと、突然「えっ⁉」と驚き、なんと笑い出すではないか。

その不思議なリアクションの意味がわからず、こちらの方がポカンとしてしまう。

動揺した私は思わず隣の龍己さんの腕を掴んで、ゆらゆら揺らしながら問い詰めてしまった。

「なんで笑うんですかぁ、教えてくださいよお」

クツクツと肩を揺らしていた龍己さんはやがてスマートフォンを取り出すと、何かの画像を表示して私に見せた。

「これが『ヒナコ』さんだよ」

「……は？　え、えぇっ⁉」

思わず驚きの声をあげてしまい、私は慌てて口もとを押さえた。

だって、スマートフォンの画面に映し出されていたのは美女……ではなく、ぽってりとした中年男性だったのだから。

「日名子《ひなこ》透《とおる》くん。彼も僕と同じ門派の弟弟子だよ」

「日名子……？　えっ、苗字だったんですか!?」

そもそもの名前が違い性別が違っていたことに愕然とする。

どうやら私は根本から勘違いしていたみたいだ。

龍己さんより年上に見えるけれどまだ四十歳だという日名子さんは、七年前に引退した棋士だという。龍己さんと同じ門派で、つまり龍己さんの弟弟子で亀梨さんの兄弟子らしい。

明るく人懐っこく皆から好かれていたけど、昔から見た目が老けていたので龍己さんのような年上の人からも『日名子さん』と、さん付けで呼ばれていたのだとか。

「朗らかで明るい子なんだけど、なんだか運のない子でね。住んでたアパートが火事になったり体を壊したりで、ずっとC２級のままだったんだ。それで体を壊したのをきっかけに結局引退しちゃってね」

「そ……そうだったんですね」

もはや、すべて説明してもらわなくても合点《がてん》が行った。

龍己さんの家でしばらく寝泊まりしていたというのは、日名子さんが火事に遭って住むところを失っていたから。身内のいない日名子さんの入院に龍己さんが付き添っていたのは、彼が兄弟子だからだ。

「でも今は結婚して、名古屋《なごや》で元気にやってるよ。今度東京に来たときに真依さんにも紹介するよ」

「は、はい……」

紹介するよと言われて、なんだか恥ずかしいような申し訳ないような気がした。だって、勝手に女性と勘違いしてひっそりと妬いていたなんて……。ご本人に会ったとき、どんな顔をすればいいものやら。

けど、『ヒナコ』さんに対する嫉妬の気持ちは綺麗さっぱりなくなった。それはそれはもう、清々しいくらいに。

「で、不安はなくなったかい？」

けれどその問いに、私は答えを迷った。

先の疑問が笑える杞憂に終わったからこそ、次を訊ねるのが怖い。

でも……『僕はきみをほんの少しも不安にさせたくないよ』と龍己さんは言ってくれた。たとえどんな答えが返ってきても、きっと思い悩むことにはならないはず。

「あの……週刊誌の記事で見たんですけど……」

「うん」

「『三段リーグの失恋』ってなんですか……」

龍己さんから僅かに笑みが消えたのを見て、（あ、これは誤解じゃないんだ）とすぐにわかった。お腹の辺りが緊張でキュウッとする。

けれど龍己さんは誤魔化したりすることなく、「ああ。それはとっても格好悪い話だねえ」と言って眉尻を下げた。

「僕は十六歳のとき三段に昇段してプロ入り目前になったんだけど、好きな人ができてしまってね。ひと回りも年上の女性に入れ込んで、挙句に捨てられてボロボロになって、プロ入りどころか降段という醜態《しゅうたい》を晒したんだ。マスコミにもプロ入りを期待されてた時期だったからちょっと注目されちゃってね、今でも時々そうやって書かれたりするんだよ」

龍己さんは眉を八の字にしながらも、自ら格好悪いと称した過去を語ってくれた。

『かの有名な三段リーグ失恋』がそんな顛末だったことに、納得と驚きの気持ちが入り混じる。

ひと回り年上の女性。降段するほど傷ついた失恋。

そこに半端《はんぱ》ではない恋愛があったことが容易《たやす》く窺えて、胸がズキンと痛む。

私は龍己さんを見つめたまま、言葉が出ずにいた。いったい何を言えばいいんだろう。……そして私は、真相のあとに彼になんて言ってほしかったんだろう。

龍己さんも、黙って私を見ている。曖昧に笑って有耶無耶《うやむや》になんかしない。

「あの……」

頭の中がまとまらないまま、おずおずと口を開いた。

どうして彼の昔の恋を紐解こうとしたんだっけ。すべてを知った私は、彼とどう向きあおうとしたんだっけ。

そのことを思い返して、ひとつの質問を投げかける。

「もし過去に戻れるなら、その恋をなかったことにしますか？」

私の問いに、龍己さんは真剣な表情のまま口を噤んだ。

そして瞼を閉じて考えてから、ゆっくりと目を開いて私を見る。

「いいや。なかったことにはしないよ」

穏やかだけどはっきりと言い切って、龍己さんは静かに目線を窓の外に移した。

「もしなかったことにしたら、きっと僕は十六歳でプロ入りして話題になり、今頃違う棋士人生を歩んでいただろうね。失恋と降段のショックで消えたくなるような夜もなく、二十年以上経ってもマスコミにからかわれるような黒歴史もなく、平穏だったと思うよ」

まるで見えない世界を見るように窓の外の空を眺め、龍己さんはそこで一度言葉を切った。

そして再び私の方に向き直り、「でも」と口もとに弧を描く。

「あの痛みがあったから、今の僕があるんだ。たくさん傷ついたぶん、誠実な人間になろうと思えた。たくさんの人に支えられて立ち直ったから、今度は僕が誰かの救いになろうって心掛けたんだ。僕は今の自分が嫌いじゃないよ。だから後悔はあっても、その失恋自体をなかったことにはしたくないね」

堂々としたその答えを聞いて、私の中のモヤモヤとかズキズキとかしていたものがとても晴れやかで温かいものになる。きっと私はこれが聞きたかったんだ。

――ああ、よかった。心から思う。私はやっぱり四十余年の人生を重ねてきた龍己さんが好きだ。

痛みさえも踏み越えて、一歩一歩意味のある道を歩んできた。だから彼はこんなにも優しい。

きっと龍己さんの歩んできたすべてが、私に傘を傾けてくれたあの日に繋がっている。とても自然に、そう思えた。

気がつくと私の顔は勝手に綻んでいた。それを見て彼も目を細める。

「とっても龍己さんらしいと思います。私、そんな龍己さんが好きです」

素直な気持ちで告げると、膝に置いていた手にそっと手を重ねられた。

「ありがとう、真依さん」

私は龍己さんのことが大好きだから、これからも些細なことで妬いたりするかもしれない。

でも、彼が私を裏切ることは絶対にないと確信できる。

痛みを知り誠実に人生を歩んできた龍己さんだからこそ、私は信じられる。それはどんな愛の言葉よりも。

二十三歳の誕生日。

十周年を迎えたこの恋は、今日も少しだけ、愛に育った。

了

あとがき

こんにちは、桃城猫緒です。このたびは『過保護なイケオジ棋士は幼妻と娘に最愛を教え込む～偽装結婚が身ごもり溺愛婚に変わるまで～』をお読みくださってどうもありがとうございます。

イケオジ棋士と一途なヒロインの年の差婚姻譚、いかがでしたでしょうか。楽しんでいただけたならば幸いです。

さて、このあとがきを書いている現在、将棋界ではデビュー以来タイトル戦では負けなしの藤井聡太《ふじいそうた》五冠が六冠を懸けて渡辺明《わたなべあきら》棋王に挑み、さらに羽生善治《はぶよしはる》九段が前《ぜん》人《じん》未踏《みとう》のタイトル獲得通算百期を懸け藤井王将に挑んでいます。うーん、現実は小説より奇なり。

この小説ではヒーローの龍己が竜王やら永世名人やらを獲得していて、筆者の私としても「ちょっと強すぎ？　カッコよすぎ？　盛り上げすぎ？」などと悩みながら書いていたのですが、現実は若き棋士が目を瞠《みは》るような強さを誇り、かつての王者が大記録と意地を懸けて挑むという、フィクションの何倍もドラマチックな戦いを見せているのだから、なんだかもう笑ってしまいます。将棋界すごすぎ！

ところで私はヒストリカルや異世界の小説もよく書くので「きし」と打つと「騎士」が第一変換に出てくるのですが、この小説を書いている間は「棋士」と「騎士」が変換に入り乱れまくっていました。でも考えてみれば棋士も騎士も戦いに赴くカッコいい職業だし、とどのつまり同じなのでは……？　と、疲れた頭で意味不明なことを考えております。頭脳でも肉体でも、戦う男はカッコいい。大好きです。

さて今回、とても素敵な表紙を描いてくださったのは岩崎陽子先生です。岩崎先生の描かれる大人の男性が大好きなので、イケオジヒーロー（しかも和装！）を手掛けていただけて感無量です。どうもありがとうございました！

担当のF様、このたびも大変お世話になりました。それからこの本に携わってくださったすべての方に、心よりお礼申し上げます。

そして当作品をお手に取ってくださった方に、心からの感謝を。どうもありがとうございました！

マーマレード文庫

過保護なイケオジ棋士は幼妻と娘に最愛を教え込む
～偽装結婚が身ごもり溺愛婚に変わるまで～

2023年4月15日　第1刷発行　定価はカバーに表示してあります

著者　桃城猫緒　©NEKOO MOMOSHIRO 2023
発行人　鈴木幸辰
発行所　株式会社ハーパーコリンズ・ジャパン
東京都千代田区大手町1-5-1
電話　03-6269-2883（営業部）
0570-008091（読者サービス係）
印刷・製本　中央精版印刷株式会社

ISBN-978-4-596-77106-3

m a r m a l a d e b u n k o